작은 연인들

오만환 시집

선정고 홈페이지/선정인의 서재 • 사진_2009년 임재홍

|자서(自序)|

풍수지탄(風樹之嘆)

〈서울로 간 나무꾼〉 소리를 잃고 목을 수술하였습니다. 역류
(逆流)현상이 원인이라 합니다. 묵언(默言) 곁에서 꽃이 웃고
새가 노래합니다. 풍수지탄(風樹之嘆) 고어(皐魚) 고사(故事)
를 생각합니다
樹欲靜而風不止 나무는 고요하고자 하나 바람은 멎지 않고
子欲養而親不待 봉양하고자 하나 어버이는 기다리지 않는다

편지를 대신하여 시집(詩集)을 띄웁니다. 국문학을 전공한
아내와 華甲문집을 함께 내고 싶다는 스스로의 약속을 잊어
서가 아니라 눈이 흐릿합니다. '늦기 전에' 노래가 크게 들
립니다 학생, 친구들에게 늘 미안했습니다. '라디오와 詩 컴
퓨터' 제가 늘 부족했습니다. 鎭川에서 온 도시의 문학나무
꾼, 물 마시고 나무하고 '배우려는 사람' 사람 生의 뜻을 새
깁니다. 詩와 심상(心象) '깨달음과 서정' '山野를 깨우는 메
시지' 語不成說 저에게 시심(詩心)이 있었던가요? 계사(癸
巳)년 새해, 엄동설한, 갈퀴로 긁어 모으고 도움을 받아서 나
뭇짐을 꾸렸습니다. 허술합니다. 섞였습니다. 겨울다운 추위
아니겠습니까? '바람 불어도 꽃이 지지 않는 나라' 의 '작은
연인들' 예고편 "사랑하는 그대에게" 봄을 기다리며 마음으
로 읽어주십시오. 용기와 채찍이 필요한 學生입니다.
 발을 따뜻하게 해주시는 나호열 시인, 매주 산행에 힘을 북
돋우시는 한국문인산악회 어르신들과 선후배, 중국에서 '제
2의 윤동주 심연수 시인' 을 발굴하고 한국문학의 씨를 뿌리
시는 이상규 詩人, 尊敬합니다. 도시에 살면서 산과 들을 그

리워하고 바다를 상상 하였습니다. 산에 올라 도시를 내려다
보면 가슴이 탁 트이고 세상이 아름답게 보였습니다. 詩는
산이 그렇듯 길을 잃게도 하였고 다시 걸어갈 수 있는 힘과
方向을 가르쳐 주었습니다 '우리는 서로 같지 않다 不等號
그렇게 말하며 그래서 다행이라고 우정을 꽃 피우는 강만수
詩人과 우리들의 멘토 '가방 들어주는 아이' 作家 고정욱,
제 가방을 들어주었습니다 선정고등학교 동료 교사 淵蓋춘
완, 노래는 물론 술도 대신 마셔주고 쓸쓸한 날 고단함을 함
께 풀었습니다. 숲과 사람들, 애플비, 詩를 잘 모르면서 좋아
서 취하고 비틀비틀 걸음을 옮기고 있습니다. 독자의 혜량
(惠諒)을 구합니다. 어머니! 고맙습니다. 고향으로 갑니다.
행복합니다.

2013년 해오름

吳晩煥

컷_고정욱

차례

4부 我(점심 이야기)

철학책 펼쳐 들고 별 총총
하늘이 내려다본다.
머리통이 너무 크면 골치 아픈 겨
그래도 하나만 더 할머니!
이야기를 조르다 잠나라에 들고
누나 형 당숙, 열쇠 없이
온 마을이 〈내 집〉이었던
잡풀이 무성턴가
인심도 녹이 슬어
돌담을 넘다가 그만둘래유―
매달린 애호박

작은 연인들

– 애호박

철학책 펼쳐 들고 별 총총
하늘이 내려다본다.
머리통이 너무 크면 골치 아픈 겨
그래도 하나만 더 할머니!
이야기를 조르다 잠나라에 들고
누나 형 당숙, 열쇠 없이
온 마을이 〈내 집〉 이었던
잡풀이 무성턴가
인심도 녹이 슬어
돌담을 넘다가 그만둘래유–
매달린 애호박

작은 연인들
– 금선사(金仙寺)

인수봉 만경대 백운대
삼각산 향로봉
무릎 사이
얕으막한 골짝
이북5도청을 비켜서
퇴근 무렵
슬며시 간다

독경(讀經) 소리를 들으면
일상의 먼지도 떠내려가고
냇물은 종알 종알
멀리 오지 못하였구나
江을 건넜나 싶었는데
바위 위에 살짝 얹힌
꽃송이, 아담한 그대

늙지 않는 믿음의 숲
영원을 向하고
나는 간다
그 집에 간다
어쩌면, 아주 간다

작은 연인들

- 잠

길가 텃밭머리

여름내 불을 밝힌다

기쁨이었다

자식삼아 잘 될거라 믿었다

콩, 옥수수

누구도 열매를 맺지 못한다

눈을 감아야 버릴 수 있는

이 피곤

어둠과 꿈이 한몸으로

잠을 자면서

그래야 싱싱한 생명이 되는

쉬운 이치

잘도 알면서, 까맣게 잊고

발버둥 친다

불 좀 꺼주세요

사람들이시여

참깨 올림

작은 연인들
- 라디오와 소년

그립다는 소리를 보낸다
컬러를 향하여 달려가던 길
속도를 버리고
뒤돌아보는 흑백의 숲
둥지를 틀고
하나가 되기를 열망했던
꿈, 그리고 현실
진공관, 트랜지스터
AM, FM, TV, 컴퓨터, MP3플레이어, 휴대폰
가출! 대탈주- 어쩔 수 없었어
변명이 아니야, 로봇!
아니긴, 변명! 맞잖아?

좋아합니까? 무작정
몸이 아플 때 생각나는
열여덟 순정
너와 나는 작은 戀人들
오래 살아야 돼
건강하게, 꼭-
내 걱정은 마시라구

그래도/ 도도도
都, 盜, 滔, 萄, 桃
圖, 島, 悼, 道, 陶
호언장담! 기술(技術)도
구구팔팔사사
도도하지 마시어요

작은 연인들

- 사이버 忠臣

개미들이 무슨 힘이 있느냐고
겸손한 웃음
세수하고 거울 보는 일을 대신하여
인터넷에 접속
뉴스와 돈 냄새를 맡는다
정원과 후미진 구석
촉수를 움직여 빠르게 탐색한다
밤 새워 분석, 몇 년 쌓은 실력으로
먹이를 낚아챈다
일상에 돌아와 자기 일에 충실한
아가씨, 형님, 아주머니, 학생, 할아버지
돌발 상황, 전달되는 요청
정신대 문제, 일본에 진솔한 사과 요구
독도지킴이, 대구은행 사이버 지점
미국 의회에서 실시하는 찬반 투표
국제 금융의 공세에 무너지는 증시
개미라 했던가요
땀과 정성으로 낙폭이 작아졌다
사이버에서 개나리 피는 봄
봄을 믿고 겨울을 지키는

저 개미들이 곧 충신, 맞는가?

(그러하다. 노래에 파도 소리 실어
파일로 박수를 보낸다.)

작은 연인들
– 한강의 보리

폭신했던가?
침대보다도
어린이날이 즐겁던 그 봄
종달새 포르로록
높이 날았지

둔덕에 車를 세우고
블라우스 펄럭이는
한강의 바람결
아주머니 아저씨 할머니
童心도 춤을 춘다

강물은 묵묵히
서울의 시름을 씻는다
분粉 내음에 취하고
전깃불에 홀린 저 나비
보리밭에 앉는다

아버지의 눈을 피하여
뒷담을 넘었지

달빛이 그물질하던 山잔등
뻐꾸기도 명상(瞑想) 하다가
'배고프다' 울더니

작은 연인들
- 곰치와 아귀

이놈은 곰치 이름이 서너개
물텀벙, 물메기, 해점어
조선시대 정약전의 자산어보(玆山魚譜)
미역어(迷役魚)
소용되는 데를 알 수 없는 생선
맛이 순하고 술병에 좋다
묵은지 넣고 끓인 삼척(三陟) 꼼치국
겨울에 일품요리
암, 맞지요 아! 그 맛
큰 바다에서 자라고
태어난 곳 여수(麗水) 흑산도
가거도, 추자도, 만재도
해조류(海藻類) 틈에
덩어리로 알을 낳고
거기서 숨을 거둔다

저는요 아귀라 해요
별 볼일 없었는데 마산(馬山) 어르신들
배고픈데 먹어보니
그놈 참 기막히게 좋은기라

찜해 먹어봐라
잡히기는 서천에서도 잡히고
박속 넣고 매콤하게
인기가 서울에서 최고라
못생겨서 죄송합니다
그게 뭐 대수가?
영하 십오도 잘견디고
예쁘고 잘나고 팍팍한 인심
세상 일 다 그렇지
겪어보고 먹어보고
참, 다르지.

작은 연인들
― 고라니와 살구

울긋불긋
꽃 대궐
복숭아 꽃, 살구꽃
아기 진달래
꽃들이 지고, 나비도 날아간 하늘
살구가 향기를 피웠어요
손자를 기다리며
할머니는 '신맛, 신 것, 아무 것도 싫다.'
그래도,
'고라니가 다 먹었구나 그놈의 고라니'

살구도 베고
곡식을 제 뜯어먹으니 잡아야겠다
소복 소복
먹을 것 찾아 눈 위의 발자욱
탕, 탕 탕―
무슨 일입니까?
할머니께서 잡아 달랬어요 한 마리 밖에 못잡았네요
멧돼지는 못보셨나요?
며칠 전에 잡아갔는데
서너 마리가 여기까지 다녀갔지요

살아있기를 바라야 하나
곡식을 심지 말거나
나무를 베거나, 전깃줄을 둘리고
쫓아가 잡아야하나
겁을 먹었거니? 아닐세
흔들리고 흔들리는
나무와 나 그리고 어머니

작은 연인들

- 평화의 집

밤을 하얗게 막걸리로 멀미를 씻는 풀들,
바람은 맑음을 이야기 한다
일요일 아침 여덟 시 열차는
덜컹거리는 소리로 식욕을 돋우며 가고
커져가는 싸움에 승전을 우짖는 새들
능곡 행신리 들판, 서러움 모두 버리고.
가노라 가노-라
〈아침 이슬〉이 스민다
 '80년대 무서웠던 침묵
화가 부부와 그날의 〈민주〉사관학교
뭉게뭉게 구름 속 기독교 방송 안테나
이제, 산성보다 높은 아파트의 행복을
깜박이기만 한다
이슬의 눈동자, 눈동자여

바람이

꽃씨를 뿌린다
가
볍게

함박눈 좋아요
묵언默言)
우리, 만날까요

그 여자네 집

헤엄을 쳐서 다녀왔습니다
주인은 외출중
향기가 은은했습니다
꽃 속에서 음악이 걸어나오고
붓과 지우개로 그림을 그렸습니다

전쟁놀이를 하다가
익사 직전
그녀가 돌아왔습니다
빵과 과일
배가 고팠습니다

된장찌개와 김치
어머니가 생각났습니다
산책로를 한바퀴 돌았습니다
수륙 양용의 스포츠카
싫다고 했습니다

야한 영화를 보다가
(코를 곯았던지)
허벅지를 꼬집히고

'스스로 타락한 별' – 스타가 되어
쫓겨날 뻔 했다니까요
하마터면, 글쎄.

자료실, 휴게실, 수예점, 갤러리
보물창고, 별당도 있는데
침실이 안 보이는 거 있죠?
그 여자네 집, 생각의 무덤이다
부수고 또 짓는다. 내일이면

나무야 나무야

– 아내에게

입을 다물고 살았다
얼마나 아팠을까
팔을 잘라서 의자를 만들고
한 옆에 꽃을 옮겨다 심었다
꽃이 시들면 햇빛 바람 물, 물이 아니고
순전히 나무 탓이라 했다
나무는 꽃에게 잎을 떨구고 거름이 되었다
그래도 꽃을 좋아하는 그것은
말리지 못하고 병이었다
그래 그래
지나친 것은 참말로 병이었다
나무야 나무야

　삼삼에 특공대를 보냈으니 지진(地震)이 나도 꼼짝 말고 끝까지 진지를 사수하라 사수하라— 영토(領土)분쟁에서 돌아갈 길을 잃은 병사들 누가 포로인지? 소설과 수필이 몸을 낮춰 강을 키운다. 철조망(鐵條網) 걷고 악수도 나누었는데 아직 비극(悲劇)이 남았는가?

낙화암

물 한 모금 마신 뒤 먼 시간을 밟는다
전쟁이나 고통을 그다지 겪지 않은 나
목숨을 걸 천야만야 절벽으로 내몰릴
비운의 그 마지막이
내게 급작스럽게 닥친다면
전설보다는 그리 높지 않은 절벽 위에서
강 건너 먼 곳을 바라본다
오랫동안 눈이 오지 않은 가뭄의 들판엔
겨울 새 한 마리
편히 쉬지도 못한 채
허공을 차고 날아오른다
나당연합군이 몰려올
어떤 불길한 소식이라도 전해주려는 걸까
올 겨울은 심한 한파가 몰려들 것 같은
예감이 들게 하는 바람이 내 볼을 때린다

바둑

빽빽한 칠부능선 방어(防禦)벽이 무너지고 있소 물과 식량이 급하오. 삼삼에 특공대를 보냈으니 지진(地震)이 나도 꼼짝 말고 끝까지 진지를 사수하라 사수하라─ 영토(領土)분쟁에서 돌아갈 길을 잃은 병사들 누가 포로인지? 소설과 수필이 몸을 낮춰 강을 키운다. 철조망(鐵條網) 걷고 악수도 나누었는데 아직 비극(悲劇)이 남았는가? 통쾌함이든 아쉬움이든 손을 놓아야 맑게 보이는 삶의 들판. 고개를 끄덕이고 흐흐 허허. 지금 비가 내리고 돌 던질 곳을 찾고 있다.

남해이야기

– 벽파진 해전

삼도수군통제사를 다시 맡기면서 힘들면 포기하고 육군에서 도우라고 했다. 대답은 간단했다. 신에게는 아직 열두 척의 배가 있사옵니다. 천 명 될까 말까 한 수군이 전부. 백성들이 몰려나와 술과 음식을 바쳤다. 그리고 울었다. 군사들을 모았다.

직접 갑판으로 내려와 화살을 쏜다. 조총을 겨누던 적병 몇이 쓰러진다. 충각선에 구멍이 뚫리고 선체가 기울고 있다. 일제히 함포 사격– 순식간에 무너졌다. 남은 적선들 뱃머리를 돌린다 판옥선에서는 함성이 올랐다. 오늘 밤 또다시 올 것이다 그들은 쳐들어 올 것이다. 비상대기하고, 불화살을 충분히 준비하라! 정면승부/ 혼비백산 그들은 퇴각했다. 야습을 헤아리시고 막아낸 백성들 믿음의 힘. '벽파진 해전' 8월 그믐의 일이었다

쫓기며 돌아가지 못한 울돌목의 죽음, 떠내려온 주검들을 거두어 양지녘에 묻어주었다. 나무와 풀이 자라서\ 땔감과 소먹이가 되고, 작년이라던가 그 일본의 후손 수십 명이 꽃을 들고 성묘를 다녀가면서 고맙습니다 고맙습니다. 웃어른을 가슴에 모시는 일 고마운 것은 고마운 것이고 잘하는 것은 잘하는 것이여–

쑥부쟁이 원추리, 하늘말나리, 산부추 엉겅퀴 야생화
들 바람에 떨지 않는다, 예나 오늘이나 목포 진도 완도 제
주를 잇는 나루터, 오백 년 함묵의 푸른 깨우침 흘러 흘러서

뽕할머니
– 남해이야기 2

이대로 죽을 순 없습니다
한번만이라도 좋으니
자식들 꼭 만나게 해주세요
빌고 또 빌고 기진맥진
살아야지
살아서 꼭 만나야지
풀뿌리를 캐고, 뽕잎을 드셨을까
내 목숨은 아깝지 않으나
자식들에게 불효를 남겨줄 순 없습니다
씻어주세요 모든 게 제 잘못입니다
용왕님, 용왕님

사람들이 호환을 당하는 일이
흔하게 벌어졌다.
가족들은 호랑이를 피해
'모도'로 옮겨와 살았는데,
회동리에 혼자 남은 할머니
 어느 날, 용왕님이 일러주셨다.
"내일 아침 바닷가에 나가면
무지개가 있을 것이니

오색의 그것을 타고 건너라,
절대, 뒤돌아보지 말고, 말없이- "

호랑이보다 몽고군보다
쉿 소리 없이 무서운 배고픔,
바다는 물고기와 조개, 미역, 온갖 것 다 주고
믿고 살아라
하늘을 믿고 가족을 믿고,
봄, 가을 갈라짐의 길을 여는
진도 바닷가, 보배로운 사람들
배 한 척 없이 나라 밖 사람 불러 모으는
뽕 할머니를 神으로 모시며

여름의 일이었다
- 압록강에서

병사들이 배탈이 났다지. 신의주와 단동을 연결하는 중조우의교(中朝友宜橋) 버스와 트럭이 오가고 덜커덩 덜커덩 철마가 옛날을 깨운다. 저기가 위화도, 곡식 많이 나고 참 좋아요 그런데 갈 수 없어요. 이성계가 군사를 돌려 송도를 향해 말을 달려가 최영을 죽이고 정몽주도 죽이고 왕조를 바꾼 이야기, 얼마나 많은 강물이 흘렀을까?

이만큼 내려와 노래는 아직도 두만강 푸른 물에 아니, 여기는 압록강! 뱃사공 없는 유람선, 설렘과 흥분(興奮)을 가득 싣고 신명나게 달린다. 햇볕도 쨍쨍 배 만들고 수리하는 곳인데 점심시간이고 사람들이 별로 없습네다. 서넛이 헤엄을 치고 튜브도 있고 언덕 위 아이들, 숨소리라도 들을까? 들릴까? 손을 흔들고 소리를 치고…… 총각! 조금 더 가까이 더 가까이, 보초도 없는데 물 위에 무슨 국경이 있나? 이미 한참 넘었습네다 아니 됩니다 위험합니다. 그만 돌아갑니다. 탁！탁, 탁 돌아서는데 따! 따 딱 딱 아! 아 아야야―

그렇다 아이야! 명중(命中) 시켰다 좋아서 박수를 치고 우리 배는 아픔이고 뭐고 도망치듯 속력을 내고 어지러웠다. 그 돌멩이, 적개심이었을까? 그 돌 하나를 가슴에 품고 밤을 벗하며 생각한다. 버릴 것 버리고 씻을 것 씻고

찾을 것 찾아야 하는데 귓전에 맴도는 '처음처럼' '늦기
전에' 가는 길이 막혀서 아득하기만 하다 아이야! 임진
강, 두만강 대동강도 또 흙탕물. 마실 우유라도 있는지?
인류의 미래가 답답하다. 어린이 아니냐, 탈 없이 잘 자라
거라 겨레의 아이야! 어느 해 여름의 일이었다.

숲과 사람들

– 청백리 맹사성

이야기하는 숲이 있더이다

뿌리 깊은 느티나무 몇 그루

들판을 향하여 맑은 바람 흘려 보내고

소를 타고 부는 피리 소리가 어떻더냐고

빙긋이 웃더이다

지방 나들이에 수령 방백 물리친

비결을 여쭈었더니

허름한 옷 한 벌 흔들며

'아무 말 안 했어' 하더이다

물이 불었는데 '어디서 오십니까' 했더니

'낚시를 하려는데, 글쎄/ 통인이 급한 공문을 들고

내를 건너 줬으면 해서 좀 업어 줬지 뭐/

정승 했던 것 눈치챌까봐 땀이 나더군

부채질하더이다.'

'천수를 누리십시오.' 했더니

처조부(최영 장군) 사랑이 그만이었는데

떼 하나 뜻대로 못 입히고 육백 년이 넘었어

'젊은이 고맙수' 하더이다

돌에 걸터앉아 구름을 이고 말을 하더이다

퉁소 하나로 행복을 불러

지혜를 만드는 사람 살아 있다 하더이다
청백리 맹정승을 흠모하는 들과 숲
시원한 냇물로 살아계시더이다.

말매미

개울에 갔습니다
장마철인데 찰방 찰방
발목만 적셨습니다
냇물에게 물었습니다
매미가 울면서 답을 합니다
울어도 시원치가 않다고
한밤중 여의도 아파트에도
매암 매암, 미음 미움
겨드랑이를 비벼서 소리를 내는
매미들의 기다림
그 몇배의 울음을 아프게 삼켜온 눈물들
뜬 눈으로 텔레비젼을 보면서
어머니! 어무이
이 놈아 어데 갔다 이제 왔니
그래 자전거 사왔나

50년 수절한 우리 사촌 형수
올 봄 돌아 가셔서 울고 울고
형님을 막대기로 깎아서, 깎으며 울고 묻으며 울고
이제껏 온 가족들 소식이라도 올까?
냇물이 마른 이유를 미음 미음, 미움 미움

엉엉엉, 더 이상의 슬픔이 아니라고 울면서
그렇게 울면서 희망이라고,
속을 비우며, 매암 매암

〈대전에서 평양까지/ 아들의 꿈 속을 오가느라 고단하
셔서/ 두 배로 늙으신 어머니/ 아들을 안아 보지 않고는/
눈을 감을 수 없다는 믿음도 버리고/ 그래서 일찍 가실
수밖에 없었던/ 어머니, 어무이! 〉

그 사랑에 오열하는 오영재의 시를 읽으며
서정시 맞다고 가슴을 떨면서
음 음, 〈말매미〉가 되었습니다

구름 위의 약속

지프차 타고 구비 구비
우비를 입고 몇 시간을 기다렸나
새벽 5시 백두산
천문봉
다 삼킬 듯
비바람 쌩쌩
무릎 꿇고 빌고 빌었다
치마를 올렸다 내렸다
쨍! 쨍- 와! 와-
넓고 넓은 산야
가도 가도 옥수수 콩밭
또 오겠노라
벽돌집 짓고 과수원 만들고
꿀도 따며
염소와 양 소를 키우겠노라

산처럼 싱그러웠다
진달래 볼 붉은
조선족 아가씨
객지에서 만나는
착하고 예쁜 우리말 차창 밖
논은 모르고

'수전(水田)이 맞다-' 한다
이름이 이단 참말로 이단인데
박수 많이 치시면 5단
9단도 될 수 있지요
연변 방송에서 어린이가 불러
눈물 쏙 뺐던
노래 한 곡 하겠어요
'엄마 곱니 아빠 곱니'

아빠는 병석에 누워 계시고
엄마는 동생 학비 대려고 충청도
걱정이 많습네다
돈도 좋고 공부도 좋지만
'모여서 살았으면……' 그뿐입니다
사나이 가슴에 꽃비가 뿌려
도랑물 쯤 되었는가
엄마 보러 서울 가서 글쎄요
전화해도 괜찮겠지요
물론 당근이라지 인천공항에서
아니 메일로 연락하면
몰려 나가지
(산책하며 구름에게 묻는다.
잘 계신가? 우리 말과 동포들)

공덕동 오거리에서

봉화산 행 열차가 들어오고 있습니다
한 걸음 물러서십시요
5호선 6호선, 미래 신의주행 국제선
왁자지껄 대폿잔에 시름 풀어
큰 소리로 웃는 사람들
족발이며 갈비살, 안주가 대수인가
서민들의 안식처 '그래요, 그렇다.' 라고
용마루 고개를 향해 팔 벌린 나무들
고개를 끄덕이자 새가 날았다
잘 생긴 총각 앞 살구 몇 개 툭 떨어져
사람의 향기라며 꼬리친다
광해군을 향하여 서늘하게 시의 날을 세우고
권력에 부딪혀 죽은 풍자시인 권필,
그를 키운 서강은 어드메뇨
강원도 새 길을 뚫으며 옮겨온 저 소나무
눈이 내리면, 푸르고 푸르고
늠름한 희망을 주겠지
성(城)을 쌓는 주상복합 아파트와 건물
행복과 번영, 무너지지 않는 약속
온몸으로 빛을 쏜는다
흥선대원군의 풍류를 읊조리던 시냇물

땅 밑을 흘러 집현전 학사 최만리의 상소문을
거꾸로 읽고 또 읽는 중인가
공사장 울타리
'역사와 문화의 숨결이 흐르는 마포'
소음을 막으며 청춘의 몸짓
삶의 고동을 온몸으로 느낀다
욕을 해도 좋다
누구나, 좋은 일 하면서 부자가 되라
공자(孔子)와 공짜는
확실히 달라요
여기는 공덕 오거리

잔치

물에게는 궁금한 일이 있었습니다
축포가 터지고 함성이 울리고
지구촌 잘생겼다는 사람들
하얀 얼굴 갈색머리, 모두
모두 잔치라고 하는데
꼭 와야 할 사람
보이지를 않았습니다
형제라고 하는데
엊그제 만나서
좋아서 울었다고 하는데
반 세기 걱정 씻어내고
크게 웃었다고
그 잔치, 과연
지구촌의 잔치 맞습니까
그 엊그제가 언제인지 오히려
어디서 오는 누구냐고 묻는 사람들
그 만큼 모여 강(江)이라는 이름을 얻었으면
발전기도 돌리고 화해의 돛을 실어서
평화의 불 못 밝히느냐고
깨끗한 물 가두어 놓고 무엇 하느냐고
그 사람들은 소리도 못 지르냐고

잔치 잔치 큰 잔치
그 형제들도 공차기 즐겨하고
잔치 좋아한다는데
자유가 있어도 무엇인지 모르는 새나
갇힌 물이나 말 잘하는 사람이나
저 하늘의 한 바가지
허허, 허허
할아버지 하얗게 샌
허심(虛心), 허심 말이요

山의 덕담

山이 하얀 모자를 쓰고
마을을 내려다본다
아파트 숲과 비닐하우스 지나
어제라는 이름으로 흘러가는
역사의 江
하늘 높이 솟구친
월드컵의 감격과 환희
태풍과 홍수로 터전을 잃은
양같이 착한 사람들
장갑차에 깔려 죽은 두 여중생
자식 잃은 어버이의 슬픔
촛불로 억울함 밝히며 침묵으로 포위한
분노의 바다
도라산역에서 멈춘 열차는 달릴 수 있는가
불안은 希望이 될 수 있는가
자연과 사람이
가진 사람과 헐벗은 사람이
남과 여, 2030 5070이
서로를 배려하면서
포옹으로 다가가는 꿈
현실로 바뀔 수 있다고

'마음속 땅 한 뼘과 시간을 내 놓으시라'
德談을 하고는
谷神不死를 아시는가
춤을 추며 노래하며
저 만치 샘가에서
금강초롱, 한계령 풀,
붓꽃과 順伊가 기다리고
소년은 잡았던 가재를 풀어주고
부끄러운 듯
바람이, 우리들의 바람이

전망

백두산을 내려온 바람
작업을 건다
언제부터 여기 사셨어요
말을 알아듣는 버드나무
아리랑 가락에 춤을 춘다
어디 아프세요. 아픈 데 많지
돈 그거 아무 것도 아닌데
친척 친구 멍이 들고
(웃으며) 우리 애들 한국에 갔어
착하고 예쁜 진심, 성심
늙은 나, 고생이 돼도
가고 싶은데 받아줄까
누구 나오세요
개울 건너 북조선 남양시
기지개 켜는 소
기차는 오거나 가거나 보여주지 않고
민둥산 너머 철길 따라가면
청진이라는데, 자전거 타며
저도 여기가 좋아 보여요.
무슨 소리? 나라가 그렇고 집이 제일로 좋지
달구지인들 있었겠는가

할아버지 할머니 나라 잃은 설움과 남루를
지고 메고 이고, 두만강 얕은 물은 아는가
한글이 황무지를 일구고
조선말이 반갑고 행복한
길림성 토문

상주 유감

백 년 전 진천에서 상주
어림잡아 삼백리
산맥을 넘고. 물길을 따라
빨라야 사나흘,
희곡 '김영일의 사' 를 쓴 작가 조명희
3.1만세 독립 운동의 횃불을 다시 지피려
농촌의 수탈과 농민의 어려움
소설 〈낙동강〉을 발표하고 망명
그 이름 낙동이 상주 넓은 들판에서
올 장마에도 풍년을 키워냈다는 장엄한 소식
천 년 전 사벌국 어디인가
그 발자취 찾아서 자동차로 청천
화양, 선유, 화북, 화서
견훤의 아버지 아자개였던가
느릿느릿 그래도 두 시간 반
사벌면, 사벌성도 있는가요
자전거 타시는 어르신
이곳에 훌륭하신 분 그 누구
뽕도 많고 벼도 많고 감도 많고 학자도 많고,
도남서원, 경상도 최고였다네
바다에는 충무공, 육지에는 정기룡 장군

사당도 있고, 경천대 가면
장군께서 소와 말을 먹이시고
의병과 함께 삼천리 강토를 지켜낸 기개
어서야 가서, 요즘을 여쭤나 보세
백사장 모래는 강물이 또 실어 나르고
땀 흘리고 하늘 우러러 살다가
살다가 보면 버드나무 길게 다시 자라고
땅 속엔 지렁이가 새끼를 친다네
사람에겐 자손 농사가 제일이라
잘 키우고 가르치면 그게 풍작이고 행복인지라
나라 위하는 마음,
송편 속에 곳감을 넣고

진천의 유전자

허생원이 과거에 낙방하고
걸미고개에서 어느 처자의 위로를 받고
평생 농사 지으며 자식 키우고 풍년을 살았다 하네
그래서 생거진천(生居鎭川)
동학(東學)의 남접과 북접
갑오년 개혁이냐 반역이냐
장터에서 실컷 다투다가
몇 만 명이 한 물결로 괴산 보은 금산 논산
굽이쳐 가다가, 공주 우금치 고개 넘지 못하고
금강 나루에서 꽃처럼 떨어졌다 하네
대구에서 시작한 국채보상 운동
집집마다 들판마다 불길처럼 일어났다 하네
일본인 주재소 수없이 습격을 받고
칼을 차고 말(馬) 탄 헌병
활과 주먹에 맞아서 꺾어졌다 하네
백비(白碑)에 무슨 말씀 있었던가
헤이그 밀사 보재 이상설
죽음 앞에서, 아무 것도 남기지 마라
나라를 찾을 그날까지 제사도 지내지 마라
선생께서 편찬한 국한문 혼용 수학 교과서
『산술신서』와 동서양 논리학을 읽다가

읽다가 그만 청년들은 돈도 몸도
독립전선에 다 바쳤다 하네
숭렬사가 어디인가
덕성산, 무이산, 요순봉, 옥녀봉, 무술, 비들목
수백만 평 땅, 차라리 빼앗길지언정
정의가 이기느냐 불의가 이기느냐
매국노(賣國奴)와 타협은 없다
학자들(석농, 석탄, 경암)은 독립만세를 부르다
파리 만국평화회의를 향해
한지(韓紙)에 독립청원의 긴 편지를 쓰시고
간밤엔 매화가 피고
문필봉과 매봉엔 흰 눈이 쌓였다하네
기미년 4월, 그 새벽

어승생악

해발 1169미터
기생 오름
꽝꽝, 머귀 비자, 고로쇠, 산박달
조릿대. 보리밥나무
山채의 허리를 걷는다
살면서 힘들었지
누이의 가슴
참 시원도 하여라
팔과 목 살갗에
나무들 빼곡한
숲의 향내가 스민다

애월, 제주, 조천
아슴아슴한 해안선,
먼지며 구름 다 씻고 여유를 가져라
그게 되나요?
일본군 58사령부, 지구전(持久戰) 펴려고
제주민의 피땀으로 파놓은 참호들
땅 아래 통로는 무너지고
무너졌어도, 숨길 수 없는 군국(軍國)주의 그 발톱
태풍(颱風) 앞 가시엉겅퀴

저 발밑 한(恨)맺힌 굼부리의 눈물이여
끝임이 없구나, 그게

숲과 사람들

- 은평의 꿈

꽃들이 아침 햇볕을 반긴다
숲의 은혜와 평화가
연신내 냇물에 맑게 비치고
백운대 높은 꿈 우러러
하루 하루 열심히 사는 사람들
민족 통일을 열망하며
걸어서 여기 모였습니다

만주 넓은 평원을 향하여
말을 타고 채찍질하던 그 자손들
핏 속을 흐르는 기백
서울의 관문 구파발에서
손, 손 마주 잡고 어서 오라고
그날을 염원하며
노래하며 춤을 춥니다

한강과 임진강이 한 몸이 되듯
역사의 바다에서
하나가 될 것을 믿습니다
민족의 이름으로 다짐합니다
가슴에 어둠을 걷어낸

그 빈자리에 마음의 저금통
거북이를 튼튼하게 키울 것이라고

얼마나 간절한지 새가 알고
지축의 저 나무들이
흔들리며 박수를 칩니다
꼭, 전해주십시오
혜산진에서 썰매를 타던 할아버지
손주의 등에 업혀서라도
가고야 말겠다는 것을
트럭에 실려 분단을 넘어간 소들
소가 가는 데 사람이 그럴 수가
갈 수 있어야 하고 올 수 있어야 하고
그런 날이 영화처럼
반드시 올 것을 믿으며
끝없이 땀 흘려 기꺼이 걸을 것이라고
하늘이시여 신이시여
그 소들에게도 건강과 자유를

* 통일기원거북이마라톤대회 – 1999. 10. 3
행사장에서 낭송

경진년 성적표

몸이 아픈 사람 자연을 찾는다
사랑하고 싶으면 길을 떠나라
버드네 냇가엔
예진 아씨와 옥이 이모
梨月 들녘엔
신토불이 오빠가 살고
나무엔 까치 감

덕성산에 들까
초평에 갈까
담배밭 인삼밭
풍경 소리 지나
보탑사 열린 음악회
초저녁 그 날의 노래를
白碑는 추억하는지

반백년 감격의 눈물 넘쳐서
농다리 무너진 것을
다시 고쳐 징! 징치며
마을 잔치를 하고

우리들의 대통령 할아버지
노벨 평화상
길마다 기쁘게 펄럭이며

문안산 함박눈
산은 산을 모르고 강은 강을 아는가
무거운 어깨
경운기 앞 세워
고속도로 길을 열으세요 열어주세요
보약보다 좋은
땀 흘려 살아 갈 길을

그네

절대 믿음으로 매달려
일생을 산다
힘으로 밀면 힘있게 흔들리고
신바람으로 솟으라면 솟고,
춤을 추다가
온기 남은 그 자리

흔들림 속에도 중심은 있는 것
마음 맞는 사람 찾기가 쉽기만 하다면
살아서 흔들리지 않기가
즐겁기만 하다면

꽃다운 인생살이 고개를 넘자

그 음성 그 노래

어디에서 듣습니까

반석에 물은 흐르고

會安里

잔디는 파랗게 다시 돋는데

우리 아버지

그럴 수 있나

- 까치밥

바람은 잠도 없이 울기만 했다
나무는 말한다

새들아 사람들아
찬이 없어도 저곳에 들러서 묵었다 가자

수십 호 넘던
이젠 몇 안 남은 집 앞 마당 어귀

감나무에 매달린 말랑말랑한 감
쓸쓸함이 사무쳐 너희들을 봤다

나도 너희와 함께
나무 위에 올라 먼 산을 향해 짖고 싶다

이곳으로 모두 모여 잠시 쉬었다 가라고

무릉계곡

옛날과 폭포를 찾아
바닷바람을 가득 담고서 갔다
청옥산과 두타산
화강암과
부서진 화강암이 부둥켜안고
가슴에 꽃과 새
노루도 키우고
물과 어울려 놀다가
별유천지(別有天地)

넓지 않아도 누울 곳
앉을 데가 많아요
이름과 옷, 버리기가 어렵지요
가족이랑 오시지 그랬어요
신선(神仙)이 되려 말고
그냥 사람으로 사세요
그런가. 걱정을 다 받아주는
모래와 자갈
반석에 얹혀서
한나절 햇볕과 웃는다

방죽에서

툇마루에 내리던 햇살
소의 발자국 좇아 개울을 건너
걷고 걸었다
나무를 잘라다 불을 지피면 살아오는 생각들
채소도 가꾸었다

경전을 읽어 주시던 山
피리를 불며 혼자 즐거웠다
출가와 가출
東과 西, 남과 북
집이 보이지 않아도 돌아오는 길
어디 사느냐고 묻지 않는다

가시 삭히고, 편견 잠재우며
속이 따뜻한 물과 흙
여기 발을 담그고
개구리 울음도 들으리라
환하게 웃는 저 깊은 깨달음
뜻이여
맑은 바람이면 그만인 것을

개울과 산딸기

가슴일랑 누구에게도 보이지 말고
입은 옷 그대로
가만 가만 오세요
풋풋한 말, 달콤한 눈빛
몇 날, 아롱다롱
쉬다 가세요

물 위 햇빛의 눈부신 投身
동그라미 잡으러
떼를 지어 솟구치는 송사리, 모래무지
겁나게 돌멩이 들치는 가재
볼 붉히며 늙지 않는 개울가

북풍한설엔 파묻히고
큰 장마엔 산맥도 울고
가시 키우고 뜬 눈으로 지켰어라
공부하고 돈 벌어서
예쁜 옷 사다줄게
착한 열 일곱
내 너무 늦었어라

강의 실수

햇빛의 그물을 깁고
도란 도란 삼년만 살아봤으면
몇 날 몇 장
어떻게 굽이친 삶인데
소금배(舟)며 뗏목의 가락
아라리 아라리
풍경 같은 風景 다 잃고
그늘도 만들지 않고
얼음도 얼리지 못하는 더부룩한 속
허리를 펴야 해

집집마다 우쑥우쑥 키가 크잖아
시원하게 뚫리는 저 길 좀 봐
식구들을 한꺼번에 보낼수는 없어요
그것은 음악도 시(詩)도 아니고
아니요 아니요
모래와 자갈, 아이들의 꿈이었잖아
이대로는 도저히 안 돼
몸이 썩으며 다가오는 저 죽음의 냄새
꼭 살아서 잔치도 하고
아니야 실수가 아니야

생각이 맑아지고
저기 있잖아 착한 사람들
그래요, 믿기로 해요
수표(手票)라도 주시겠어요?
힘을 빼고 누웠잖아요
뼈와 살 태우며 새콤 달콤
별님 달님 미루나무 가지 끝 여전히 놀러오시고
물그림자 들여다보다가
보다가 그만 더 이상 막힘도 위험도 없다고
갈매기 먹이 찾는 희망 깊은
아침 바다
물길이 얼마나 남았는지

난지도 2012

- 서울山

먼 옛날 여기는 물의 들판

갈대와 물억새가 자리를 다투지 않았다

곡식이 없어도 행복한 한여름이

그렇게 저렇게 떠내려가면

메밀꽃 그리고 야생화(野生花) 천국

바람은 노래를 불렀다

후렴은 추추추 추추 대!-한민국

시민들의 버려진 일상

난폭한 얼굴, 서울의 그랜드캐년

황토를 덮고 또 덮고

눈비 맞아 몇 천의 잠을 잤던가

새싹들 다시 푸르른

평화공원, 노을공원, 하늘공원,

청춘(靑春)의 서울山

연(鳶)을 띄웠다 필승의 꿈

부지런히 건물을 짓고 2002 월드컵

승리의 함성으로 키가 쑥쑥 자랐던 나무와

나무 닮은 숱한사람들

저 비탈에 터 잡은

아카시아, 능수버들, 가중나무,

등골나무, 칡, 환삼 덩굴, 오이
수세미, 벼
귀화식물, 키큰빗자루(菊花)도 율동을 한다
대! 한민국-추추추 추추
바람을 모아서 歷史를 이룬다
속을 썩혀서 열과 빛을 얻는 가르침
억새 숲 곳곳 말춤이라도 추려는가
연인들은 영화를 찍는 듯
야릇한 콧소리, 풋풋한 웃음도 흘려보낸다
육필로 쓰는 사랑의 편지라
이사와 낯선 저 소나무 목이 몹시 마르다
北漢山 노을 비껴보며
졸졸졸 평화에

훈장

– 난지도 하늘공원

맹꽁이를 위해 산꼭대기에 습지를 만들었다. 맹맹맹 꽁꽁꽁, 맹맹. 짝을 찾는 맹꽁이. 휠체어도 다닐 수 있게 배려한 풀길. 왕고들배기, 며느리배꼽, 꽃이 피고 여치도 운다. 눈을 씻어야 보이는가, 맹꽁이를 굳이 찾으려는 사람이 맹꽁이지. 환삼덩굴이 어깨에 가슴에 옷에 훈장처럼 달라붙으며 살을 찌른다.

그렇지 사랑은 해도 아이를 셋 이상 낳으면 야만인도 아닌데 쑥스럽던 엊그제, 그렇다고 지난 것 대부분이 잘못인 양 부수고 파헤쳐 가려내자는 주장들, 인천상륙작전과 맥아더, 그 전쟁이 싸우고 싶어서 싸웠던 전쟁인가? 객지에서의 고귀한 희생들, 네발나비 애벌레는 환삼덩굴을 먹고 자란다. 네발나비에게 행복을 만들어주는 환삼덩굴

무작정 덮어두자는 것도 아닐세. 소시민의 소망들도 많이 자라고 여물며, 이 땅 반 백년, 그마만큼 더 지나면 좀 가라앉지 않겠나? 그저 높이를 재는 자($尺$)라도 마련해 두는 것은 좋겠지. 바람은 어디서 오는지 말을 아끼는 나리꽃을 흔들어댄다.

독도 遠景

울릉도에 오셨는데
저의 빛을 보셨나요
있어도 아니 보이고 없어도 보이는
멀리 태풍의 눈

바람이 심하니
오징어에 술 좀 하시고
맑은 날 오셔요
네, 오셔요

먹을 것 많고 자식이며 조카
풀과 이슬
술패랭이, 민들레, 명아주, 바랭이
쇠비름, 쑥, 큰두리꽃
식구들 다 잘 있거든요

떨어져 살아도
믿음과 사랑
꼭
키워야 해요

그 여자, 獨島

가득 싣고 온 불평들
그래도 잘 오셨지요
웃음으로 바꾼다
풀잎처럼 가늘어도
목소리 큰 사내들
어제도 혼이 났다

맑은 두 눈에 정확한 음정
동요를 잘 부르고
보라빛 향기도 내보낸다
삼겹살과 김치를 좋아하고
오이와 생강 냄새
바람을 미워하면서 또한 기다린다

삶은 스포츠
사랑을 저울에 달지 마세요
보셨나요?
일류가 박수를 셈하는 것
마음을 붙잡고 땀흘려 보세요.
왜 안됩니까?

숨겨 놓은 좋은 데 '시집 가야지' 하면
놀리지 말라며
펄쩍 뛰기도 하구요
이렇게 말합니다
"뿌리가 튼실한 희망은 파도를 두려워하지 않습니다"

생명과 양심
깃발을 휘날리면서
언제나 그 자리, 참으로 좋습니다

독도 辭說

괭이 갈매기가 천국(天國)이라고
끼룩끼룩
노래를 잘 부르는 어느 부부
나이와 사연
빛깔은 절대 묻지 마세요
가슴을 도려서
울음을 삼키는
바람, 바람 소-리

한국의 근현대사
민족과 국가
존재의 이유
역사는 선택이 아닌 것을
말 달리던 선구자
거친 꿈이
깊고 깊었나, 과연

봄산에 가면

햇볕이 옷을 갈아입히는
희망의 속삭임을 듣고 저 아래로 한 발짝 한 발짝
깨금발도 뛰면서 즐겁게 여행하는 물과
이름 모르는 풀과 꽃과
엉겨서 정겹게 살아가는 민생(民生)을
포개어 바라보면서 식은 눈으로, 그러나
한없이 사랑하는 마음으로 우리의 오늘을 들여다 봅니다
 불쑥 불쑥
기기묘묘(奇奇妙妙) 바위들 이루지 못한 삶의 꿈이기도
하고 그렇게 보면 꼭
 누구의 마음 같아서 더 한번 보고 다시 오게 되는 인연
을 만듭니다 기지개 켜는 하늘을 올려다보며 게으른 나를
달래고 채찍질하며 나물 캐듯
 다양한 빛깔을 속에 담아 부자가 됩니다 할미꽃이나
개동백, 산철쭉
 꽃망울을 만나면 돌아가신 외할머니와
 유치원 갓 입학한 조카딸의 웃는 얼굴을 영화처럼 감
상하게 됩니다 봄산에 가면

바람의 나라

봉우리를 넘고
끝이다 싶으면
이어지는 삶
높이마다 다른 꽃들
엉겅퀴 엘레지
돌배, 개복숭아
'나도민들레'
'저 여기 있어요' 손 흔들고
반가운 분들 오셨구나
머리 쓰는 일을 피하여
시원하게 살려고 왔습니다
꽃과 풀이 기쁨으로 키 크는 나라
순한 백성이 되고 싶습니다
소와 양떼가 음메! 우르르
목장 길 따라 이대로 가면, 연애소설 그 언덕 너머
웰컴투 동막골이 나오는가
토끼가 햇볕에 나와 풀을 먹다가
옹알 옹알, 저 소나무는 또 누구
은서와 준서가 가을 동화를 되돌려줍니다
옥수수 감자, 취, 무, 배추,
곤드레, 알알이, 글쎄, 뭐든지

그저 잘 먹여야 된다니까요
괭이와 삽을 든 사람들, 그들은 바람
한 두 대의 불도저가 부르릉 부릉
돌을 캐내고 나무를 베고,
'山地 畜産'의 개척자들
힘내고 살찌라고 우유와 단백질, 다 실어 보냈죠
나물도 바람도 시골 맛이 일품이라요
온 힘으로 날개를 돌리고
돌려서 큰 빛을(電氣)를 만든다
황병산이 어딘가요, 지혜를 키우고 모으면
도시의 영양이 되고 역사가 되는
여기는 백두대간
씩씩한 바람의 나라

꿈

– 아버지

앞 뜨락
아버지가 오셨다
사랑채를 復元하셨다
꽃들도 시원한 웃음
복숭아, 살구, 배
모과, 무궁화, 백일홍
석류를 좋아하셨지

모시 옷 입으시고
자전거를 타신다
잡아드릴까요?
괜, 찬. 타 괜찬타
(괜찮다)
잘 있거라
동네 고샅을 내달리신다

어디로 가십니까
아버지, 아버지, 아버지!
꽃들이 보고프셨나?
子孫이 不安했던가
몹시도

(꿈이 아니었어야 했는데
깨지 말아야 했는데/ 그것 참)

아버지의 遺言

화목하게 너희들
잘 살면 되지
말이 뭐 필요하냐
갓 마흔에
씨 하나 낳으시고
세상을 다 얻은 듯
기쁘셨다는 아버지

꽃다운 인생살이 고개를 넘자
그 음성 그 노래
어디에서 듣습니까
반석에 물은 흐르고
會安里
잔디는 파랗게 다시 돋는데
우리 아버지

야간 산행

남들이 집으로 갈 때 반대로 간다
랜턴은 없어도 무방하다
두려운 것은
어둠이 아니라 사람이다
언제부턴가
속으로 흘리는 땀
바람에 찔리며, 불끈 주먹을 쥔다
가슴에 낡은 집 부수며
깊은 산 낯선 소리 들으러
추운 날
혼자서 간다

바다 이야기

- 어은돌

소나무 숲을 옆구리에 끼고
누구를 기다리는 어은돌
태안군 소원면 모항리
새벽 몇 굽이 돌아 우주복을 입고
새가 되어 엎드렸습니다
모래가 쌀이라고 뉘를 벗기듯
씻고 일고, 비비고 쪼으고
하늘에 빌었습니다
맛조개 갯지렁이 홍합 성게 털게
어디로 숨었는가
구멍마다 떼죽음
꿈에서도 알을 낳고 끈적끈적
땅의 품에서 잠잘 수는 있으되
물과는 섞일 수 없는 기름
삶의 전부를 앗아간
실수 중의 실수, 실수 맞다고
그냥 '참혹한 우울'
어쩌겠냐고 찾아 준 것에
웃음으로 화답하는 마을
허허―

저 속이 얼마나 끓는지
사람이 죽고 바다가 우는데
귀가 막혔는가?
대책은 실종되고
기업, 누구도 사과다운 사과
왜 아니 하는지
(하늘을 보며)
선거는 있어도 정치는 죽었다
맑은 삶, 살아날 수 있겠지요?
대대손손 착하게 살아온
어은돌의 몸부림
탄식이여, 사랑이여!

務安 양파, 그리고

황사 현상 겁내지 말라고
살찌는 것 문제 없다고
껍데기도 약이 된다고
사람들은 버리기만 한다고
귀엣말로 속닥거렸더니
애인도 웃으며, 솔직히
웃으며 믿지 못하고

바닷 바람을 맞으며
싱싱하게 커 왔습니다요
보십시오 여러분!
양반님들 벼슬도 하고
휴대폰도 팔고
어서 어서 돈을 버셔야
이 몸도 값나게 팔릴테니

그런데 여러분!
황토+양파+한우 드셔보셨습니까?
사투리가 섞인 판소리라야
제 맛이 나고
너무 얇게 벗기면 부셔져 안되죠이-?

드실 때는 큼직큼직 고추장 찍어서
성인병 걱정 없응께
세발 낙지 마음껏 잡수쇼이—
무안 양파

물고기 잡고
힘써서 농사 지으면
편안함
무안(無顔)아니고 무안(務安)
신토불이(身土不二) 고장 났나요
공적 자금 엄청 들어가도
물양귀비는 소나기를 맞는
회산 연 방죽
변두리도 신경 쓰셔야지요잉—
안그렇습니까
양파, 그리고

입추(立秋)

과원(果園)에서 라디오를 듣는다
긴 장마와 무더위
놀러 가고 폭발하고 떨어져 죽고
햇볕의 부족으로 맛이 덜하고
또다시 호우주의보(豪雨注意報)
휘청한 가지, 실팍한 가지들
너희 스스로 무엇을 떨구겠느냐?
눌러도 수그리지 않는
그래. 이제부터 시작이란다
수상(殊常)한 가을
재개발의 사랑아!

산 딸 기

글·오만환/곡·김영애

신록을 지켰어라

내가 늦었어라

예쁘고 착한 그대

내 너무 늦었어라

내 너무 늦었어라−

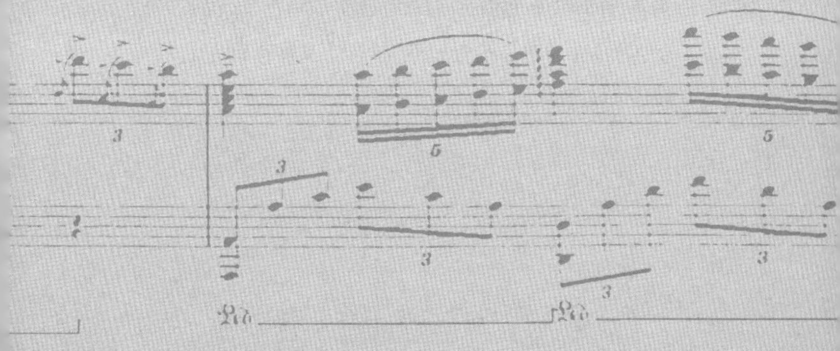

점심이야기

전나무 숲길을 걷고 걸어서 적멸보궁(寂滅寶宮)에 갔습니다. 단풍이 좋던가요? 막 시작입니다. 귀한 사진 있으시지요 선생님, 수학여행에서 방한암 스님과 함께한 흑백. 일제 강점기 말엽 총독이 강릉 가다가 진부에 머물며 가마를 보내 만나자 했지요, '나는 볼일이 없는데 보려는 사람이 와야지 아니 가겠다' 하니 어쩌겠어요. 말을 타고 달려 왔는데 올 때 갈 때 누구에게나 하듯 절 마당에서 합장으로 인사하고 공양하고 이리렁 저리렁. 떠나며 '미국과의 전쟁에서 일본이 이기겠냐?' 물으니 '언제든 점심잘 먹은 편으로 끝날 겁니다.' 했지요. 정심(正心)이 점심이라 허참. 삶과 역사(歷史)가 점 잘 찍는 일이라. 너희가진다. 간접화법 그러니 또 어쩌겠어요. 종군기자였던 선우휘 소설 '상원사' 집필의 원천이 된 山 이야기도 생생하게 물소리에 섞어서 산채비빔밥 맛나게 드신다. 강릉(江陵)에서 교편을 잡았던 큰 시인의 저물녘 맑은 눈이여

고인돌

얼마나 다녀갔을까
비와 바람
고기를 잡고 농사를 지으며
움집을 짓고
마을을 이루고 살다가
한 곳에 뼈를 묻었던 사람들
그 어떤 아낙
아궁이 앞에서 불을 지폈을까
저 돌은 돌이 아니다
옛사람에게 다가가는 문
청동기시대 북방식
영화 필름 뒤로 돌리며
또 보았습니다
갯벌과 하늘 그리고 들판
게들이 달을 기다리며 숨을 쉰다
벼가 서로 기대며 춤을 춘다
따뜻한 가슴
그들의 자손이고 싶다
강화 하점면 부군리
해질 무렵

구름과 나

숲에서 구름이 나온다
사람에게서 구름이 인다
송이는 이쁘다
먹돌이는 씩씩한데 무섭다
바람과 입을 맞춘다

다시는 오지 않으리라고
산을 넘어간
'구름'이 그려주는 시화(詩畵)
며칠을 앓다가
나에게 편지를 쓴다

수업에서, 이메일을 가르치고
보내봐라 답장 할테니
참 좋은데
山처럼 구름처럼
이를 어쩌나

어둠을 동무 삼아 피곤을 이끌고
대문을 연다

삼남매를 거느리고
발 앞에 보랏빛으로 웃는 국화
마음을 여는 그들
'구름' 이어도 좋다
내일은 또 누구랑 놀까
숨을까

겨울 들녘에서

– 내 고향 진천

산맥도 어쩌지 못한다
송이 송이
축 희망이라며
온 들판을 휩쓴다
새로울 것도
하찮을 것도 없는
벼 뿌리 저 밑
물갈이한 흙들이 몸을 부빈다

강둑 할아버지
숨 가쁘게 머리채 흔드는
어린 나무들
봄은 오는 것인데
감기 조심하라는 말씀

〈공존의 이유〉라는
신바람 춤이며 노래, 테크노
소득과 인정
쌀과 장미
참깨, 들깨, 콩, 동부, 싸래기,

사슴과 금붕어
사랑과 속도는

장마

물 바람 돌 실컷 보고 싶다고
답답한 혼잣말
그새 알아들으셨던지
밤새 달려와 비닐하우스 장미
큰 바위를 굴리며
담과 둑을 무너뜨리고
이놈들! 청소도 않더니
쓸만한 정원석(庭園石)) 여기 있다
집을 부수고, 때리고
길을 끊고 진흙 범벅
임거정(林巨正)님이 오셨나
그러면, 도대체

산과 바다와 들, 배고파서 우는데
일은 안하고 살이 쪄서 탈
쌀, 시간, 돈, 사람
귀(貴)한 줄 모르고
놀러, 놀러, 놀러가, 놀러와!
빨리 안가도 되는데
도시 농촌 가리지 말고
날 세워 밤 새워 우루루 꽝!

강, 광! 꽝꽝, 꽝!
그래도 뒤는 보셨어야 했는데
마구잡이로 꽝! 꽝!
기다려봐

진천의 북소리
– 진천신문 창간 11주년 축시

얼음이 녹고
들녘 흐르던 물
고개 들어
文筆峯 우러러 보았다
삼월 하늘 만세소리
꽃눈이 펄펄
祝福으로 쏟아지더니
백곡천 둑 위
꽃다지 냉이 할미꽃, 버들가지

스스로
잘 해보자는 마음
소망의 싹을 틔우고
쑥, 쑥쑥
둥, 둥! 둥–, 북이 울었다
튼실한 일꾼을 뽑고
작은 길이 큰 길을 만들며
經濟를 살리는 공단의 숨결,
첨단과 환경
고추, 담배, 숯, 금붕어

홍수와 폭설
개방에 흔들리는
기름진 땅, 身土不二,
農者天下之大本
기쁜 소리, 좋은 소리
바른 소리
쨍쨍한 햇볕과 '一品 벼'
믿음과 孝를 키워
바위도 깨우치며 인터넷, 그리고
우주에 生居鎭川!
진천의 북소리

바람

실체를 보여 달라고 합니다
여자 혹은 남자
생년월일이 분명하지 않습니다
물이라
불이라
칼이라고도 하지요
애기라, 소녀라
청년이라고도 합니다
외모와 성격
피부색을 물어오기도 합니다
머리칼을 펄럭이며
유혹(誘惑)한다 합니다
다가올수록 커지는
 별것 아닌데
대단하다고
심술이 심해서 바위와 자동차도 날리고
큰 나무
인물(人物)도 쓰러트리며
농작물을 짓밟기도 합니다
말을 타고 텐샨산맥
만주벌을 달렸다고도 합니다

힘이라고 하고
부드러움이라고도 합니다
사랑과 꿈
죽었다가 살아나는 것
꽃 속에서 잠든다고 합니다
단추를 풀고
가슴을 여십시오
깨어날 시간이 되었습니다
누군가 지금

양수리 以後

나비 날개를 달고
꽃을 찾는다
향기 좋으면 모여들게 돼 있다나
꽃 나비 모여 自祝 집들이
무도회라도 열어볼까요
떡을 하고 낚시 던지고
매운탕을 끓인다
걸개그림과 노래 한마당
각설이 장단에 누님들 형님들
얼쑤 얼쑤- 얼쑤!
어깨춤도 추고요
달빛과 물안개
하얀 짐승들 물 위를 달린다

이천 여주 남이섬 대성리
映畵발전소, 용문, 양평,
옥천, 국수, 퇴촌
"누님들 어서 업히세요"
윗물과 아랫물이 섞이며 소리친다
"장관 몇 나오겠더라"
여기는 양수리 http://ohmh.pe.kr

以後 소식 묻지 마십시요
별당도 우리 집 맞나유?
〈서울 나무꾼〉 타령조! 한세상 누가 홀렸냐
미사리, 까투리, 매봉
왕숙천, 양재천, 탄천,
청계천, 연신내,
용산, 마포, 밤섬, 여의63, 선유
안양천, 양천, 김포
어느 덧 강화
쾌지나 칭칭나네
연평, 소청, 대청, 심청
덕적 西浦리, 쾌지나칭칭!

미림에 가면

— 미림 개교 30주년 축시

숲에서 나오는 30년 향기가

몸을 이롭게 하고

세상을 맑게 한다고

남녘의 바람이 기별을 전하네

서울 미림여자고등학교

미림중학교, 미림여자정보과학고등학교

관악산의 물은

진리의 등불 밝혀 배우는 사도/ 복된 터전 북돋우며

사랑을 심네

합창 속 사랑 그 말이 참으로 좋다고

도림천 어디쯤에서 기차를 탔을까

김포평야 행주산성을 옆구리에 끼고

구불 구불 그러나 오대양 육대주

힘차게 흘러서

인재대본(人才大本) 육영보국(育英報國)

우주의 활력소라 하네

가고 싶은 학교, 영화의 배경

그 이상의 아름다운 숲, 미림에 가면

사람은 무엇으로 사는가

언제나 반겨주시는 선생님들

진로며 고민 다 들어 주시며 떡볶이도 사주시고

축구와 농구 배구 배드민턴 함께 하시며

땀 흘려 나무를 심으셨지

돌을 줍고 파내며 척박한 땅

연못도 만들고, 가르침을 거름으로 쑥쑥

학력고사 전국 수석, 차석 또 수석

국제화 정보화를 향한 특성화, 창업 및 취업, 각종 대
회 우수 최우수

개나리 벚꽃 사과 꽃

느티나무 은행잎, 꽃만 꽃이 아니라

도서실과 실습실에서 늦은 줄도 모르고

모르도록 열중하다가 '이제 집에 가야지' 말씀에

활짝 피는 웃음꽃, 샘솟는 지혜, 눈꽃

그 나무들 가까이 꽃의 소나기를 기꺼이 맞으며

까치 박새 콩새 멧새들도 랄라랄- 랄라-

미래엔 소망과 빛이 더 멀리 아름답게

삶의 보람이라 하네

우리의 선정(善正)

– 개교 50주년 축시

잎을 떨구고
채찍 하나로 서 있는 대추나무
감나무, 모과나무, 은행나무
꿈나무
바람 소리를 듣고 있다.

돌멩이도 사랑을 주면
키가 크는 나라
역사 만큼이나 격동을 헤쳐온
성정(聖貞), 선정(善正), 우리의 선정

전쟁의 폐허 위에서도
백합의 청순한 소녀들
비옥한 가르침으로
착하고 바르게 마음을 길러
꽃을 피웠네

오늘은 교정의 저 가지 끝
아름다운 눈송이 되어
햇살
그 입맞춤으로 녹고 있다

선정여자중학교, 선정여자실업고등학교
선정고등학교

컴퓨터와 테크노 관광과 디자인
남녀공학의 조화로운 교육
미래의 일꾼을 키워 북돋는
선정, 명문(名門) 선정이여
아! 반세기의 선정이여
선정의 그윽한 향기를 아는 사람들
노력하라 도약하라
우리의 선정, 선정
그 이름 영원케 하라

산에서 길을 잃고
- 고 원영동 시인 추모

역사의 산길에서 만났던

인물들의 정신과 이야기를

새소리 반찬 섞어

점심으로 고루

맛나게 들려주시던 북한산

그 비봉(碑峰)에 올랐습니다.

장마가 가고

불볕 더위

숲과 냇물을 서둘러 찾았습니다

오르기 보다 내려가기가 어렵더라고

움푹 파인 절벽,

기어코 미끄러지다가

노간주나무 가지를 잡고

허허 허허

솔숲 바람에게서 다시 듣습니다

술값과 시간을 아껴라

저 맑은 물속

산과 감자와 선생님의 웃음

책을 깊이 읽고

부모와 가족에게 잘하라는 가르침

꽃과 바위를 품은
시(詩)

우리들의 나라 선생님

- 金振源 수필가 고희연(古稀宴)

동해 파도 소리 뒤로 하고

서울 온 청년 김진원

산맥과 가난을 넘고, 또 넘으며

무슨 생각을 하셨을까

나무, 바위, 개동백, 엉겅퀴

강물은 어디 쯤 흘러

물고기를 키우고

아름다운 풍경이 될까

윤은숙 님? 어떻게 만나서

어찌 사랑을 키우셨을까

오늘은 그윽함과 축복만이 가득합니다

속초 어느 마을

싸리울 담장 소복 소복

두 분을 추억하며 눈이 쌓일 것입니다

인터넷 나라에 오셔서

우리말과 한글에 대한 사랑과 열정

멀티메일을 쓰시며

교육자의 본분을 놓지 않으시는

우리들의 나라,

청년 김진원 그리고 선생님

20년 전 서른 다섯, 젊은 교사
낯선 학교에 보내시면서?
조카 군대 보내듯 밥 사주시며
부지런하라, 수업 열심히
세월은 어느새 흘러, 머리에 싸리꽃 피고
미림 20년사, 최서해 평론집도 주시고
아직도 오만환인가? 화폐개혁을 해야지
격려와 가르침을 주신
외삼촌 같은 김진원 선생님
격동기를 헤쳐오면서
경제와 사람이 아픔을 주고
섭섭하고 이해보다 오해로 풀리지 않던 날들
알아주지 않은들 어쩌랴
진심을 믿고 느티나무처럼 묵묵히 서계셨던
우리들의 나라 김진원 님, 윤은숙 님
돌고 돌아 공덕동 언덕, 꽃 봄에
용마루 고개로 제가 이사를 했습니다
멀리 삼성(三聖)산 베고 누운
미남봉(미림/남강) 아몰 아몰
인연의 깊이를 생각합니다

일흔에도 첫사랑은 열여덟
고향은 푸르러 고송(孤松) 金振源
사모님과 손발이 되어 걷는 소풍길
마포에 꼭 오십시오
마포갈비, 최대포집
가족들과 가고 친구들과도 어울려 가지요
궁합 중에 으뜸은 40년 이상
보듬고 해로하는 삶(一生)
구구팔팔 만수(萬壽)를 누리십시오

금요일 오후

고단해도 내 멋에 산다
장애물 달리기 촘촘한 그물
이제부터 천천히 가자

천국보다 半휴일이 더 좋은
묵시의 숲
산과 길이 만나 고개 너머로 숨더니
이제 보인다

가슴의 새들과 가벼운 술집을 짓고
나무처럼 흔들린다
휘파람 불며
금요일 오후 향기로운 사람들

성큼성큼 걸었다

– 이재인 소설가 정년 頌詩

소설도 읽고

풀도 베고

홍성 지나는 기차를 떠나보내며

구름에게 말했다

서울 가는 꿈

소가 앞장서 걸었다

성큼 성큼

그냥 쉬는 게 아니라 되새김

도시로 내달려

큰나무를 찾았다

'갯마을' 의 작가 오영수

'낙화' 의 시인 이형기

여우를 기르는 법, 어린 상록수

월남전쟁 기꺼이 가서

감성의 상처, 힘의 논리를 터득했다

하사와 병장, 시를 써서

아내의 가슴에 꽃을 피웠다

그 향기로 아들과 딸이 자라고

꿀벌처럼 원고료로 집도 지었다

부천, 예산, 영동. 보은, 청주, 서울, 수원

호박에 밑거름 주듯 문학을 가르쳤다
자유에 목이 말라 유신반대 문인선언에 서명
악어새, 파도는 쉬지 않는다
제물포, 일어서는 풀, 수서민들레
소달구지에 실은 청춘
진천, 화순, 군산, 산청, 정선
박수와 비판에 귀를 열고
향토지(鄕土誌) 모으며
아우라지 돌에서
옛사람들의 이야기도 들었다
인장의 숨결을 살리려 대원군 행색도 하고
강을 건너 비행기를 타고 또 걸었다
하와이, 파리, 길림성, 런던
배고프게 뛰고 뛰면서 원고 심부름 많이 했다
친구와 후배들 가방 들어주고
예당저수지 내려다보이는 과수원, 창 넓은 모자를 쓰고
'우렁이와 오리가 궁합이 잘 맞는가봐'
소설가 이재인! 독자들 성화가 대단합니다
'새농민' 연작 '귀농일기'
농민은 농사를 작가는 명작을 경작해서
풍년가를 부르니 행복이라네

아니 그런가? 운산리 논 뒷굽
미꾸리가 식욕을 돋우고
고마운 가족, 제자
주민들, 친구

산딸기

북풍한설 파묻히고 아아아
큰 장마엔 개울이 넘치고
아아아 아 산맥도 울고 아아아
떠나고 싶었어라
공부하고 돈 벌어서 예쁜 옷 사줄게
아아아 정이 푹 담긴 눈빛 품어
가시 키우고
신록을 지켰어라
내가 늦었어라
예쁘고 착한 그대
내 너무 늦었어라
내 너무 늦었어라–

시인은 미래를 예감하고(見者), 현실의 부조리를 증언하며 그 부조리를 척결하는 의무를 지닌 자라고 불리웠다. 또한 시인은 내밀한 감정의 순수를 뽑아 올려 세상과 온전히 하나가 되는 미학의 완성자이기도 하였다. 그러므로 시인은 '시 자체가 인생'(옥타비오 파즈)이라는 명제 앞에서 자신의 인격과 인생을 시에 일치시키려는 무모한 수도자이기도 하였던 것이다. 그러나 오늘날에 있어서 시와 시인의 위의는 한없이 추락하고 있다. 더 이상 시인은 견자도, 투사도 아니며 내밀한 감정의 소용돌이를 돌출시키는 행위자로 만족하는 경향마저 보이고 있다. 그런 까닭에 역설적이게도 시인은 시를 통하여 자신의 삶을 반추하고 자신의 인격을 완성하는데 역점을 둘 때 그의 존재가 돋보이는 예기치 않는 역경에 처해진다.

외유내강(外柔內剛)의 귀거래사(歸去來辭)
– 오만환 시집 『작은 연인들』에 붙여

나호열(시인, 문화평론가)

1.

오만환 시인의 시집 『작은 연인들』은 『칠장사 입구』(1990), 『서울로 간 나무꾼』(1997)에 이은 그의 세 번째 시집이 된다. 1980년 울림시 동인으로 참여하여 제 3집까지 꾸준히 시를 발표하면서 그 이후, 1988년 등단한 이력을 살펴볼 때 표면적으로 등단 이후의 그의 시작(詩作)은 상대적으로 활발하지 않았던 것으로 보인다. 그러나 그의 과작(寡作)의 원인이 작품에 대한 염결성(廉潔性)이나 문학에 대한 열정의 부족 때문이라고 섣불리 단정 짓기는 어렵다. 외면으로 드러난 시작(詩作)의 게으름은 시심을 축적하는 숙성의 과정일 수도 있을 것이기 때문이다. 비록 그가 시업의 성과에는 미흡했을지라도 실제로 그는 오랜 기간 동안 여러 문예잡지에 꾸준히 시평(詩評)

과 시론(詩論)을 발표하였을 뿐만 아니라 여러 문인들과
의 교유와 시단 활동을 펼치면서 인터넷문학신문 주간,
예술시대 작가회장, 문인산악회장 등을 역임한 바 있다.
이러한 활동은 인간관계의 다양하고 복잡한 문제들을 두
려워하거나 회피하지 않고 인격수양의 과정으로 받아들
이는 시인의 타고난 심성과도 깊은 관련이 있을 것이다.

이와 같은 이력은 평탄하지 않은 문단 사회에서 허명
(虛名)에 불과하거나 쓸데없는 과욕의 덧붙임일 수도 있
으며, 이와 같은 징표들이 그의 과작(寡作)의 변명이 될
수도 없거니와 시인으로서의 자질이나 성과를 결정하는
요인이 될 수 없음은 분명한 사실이다. 그럼에도 불구하
고 시인이 반드시 지녀야 할 품성과 사유가 새삼스레 거
론되는 요즈음의 실태에 되비추어 볼 때 그가 쌓아온 이
력은 결코 외화내빈(外華內貧)의 물거품은 아닐 것이라는
희망을 품게 된다. 그래서 이 글은 시집 『작은 연인들』에
실린 시들에 대한 감상과 짧은 비평과 더불어 이러한 단
정(斷定)이 단순한 인사치레가 아님을 증명하는 것에 치
중한다고 해도 소중한 몇 가지의 의미를 거두어들이는 데
에는 무리가 없을 것이다.

2.

시인은 미래를 예감하고(見者), 현실의 부조리를 증언
하며 그 부조리를 척결하는 의무를 지닌 자라고 불리웠
다. 또한 시인은 내밀한 감정의 순수를 뽑아 올려 세상과
온전히 하나가 되는 미학의 완성자이기도 하였다. 그러
므로 시인은 '시 자체가 인생'(옥타비오 파즈)이라는 명

제 앞에서 자신의 인격과 인생을 시에 일치시키려는 무모
한 수도자이기도 하였던 것이다. 그러나 오늘날에 있어
서 시와 시인의 위의는 한없이 추락하고 있다. 더 이상 시
인은 견자도, 투사도 아니며 내밀한 감정의 소용돌이를
돌출시키는 행위자로 만족하는 경향마저 보이고 있다.
그런 까닭에 역설적이게도 시인은 시를 통하여 자신의 삶
을 반추하고 자신의 인격을 완성하는데 역점을 둘 때 그
의 존재가 돋보이는 예기치 않는 역경에 처해진다. 무한
확장하는 디지털의 세계는 시인의 상상력을 뛰어넘어 초
현실세계를 눈앞에 구현해 보이고 생생한 인터넷의 위력
은 세상의 구석구석을 파헤치고 실상을 전파하는데 부족
함이 없다. 이런 역경에서 시로서 자신의 삶을 절차탁마
(切磋琢磨)하려는 시인은 매우 드물다. 그런 까닭에 시류
에 휩싸이지 않는 시와 시인은 혼탁한 어둠의 세계를 비
추는 등불과도 같은 존재가 될 것이다. 이와 같은 기준을
세워놓으면 시집 『작은 연인들』은 매우 독특한 위치에 놓
이게 된다.

3.

현대인이 과거 시대의 사람들보다 괴로움에 시달리게
되는 것은 너무 빨리 변화하는 외계에 대응해야 한다는
것과 변화 그 자체에 대한 두려움과 변화로 야기되는 불
안정한 삶에 대한 불안 때문이다. 이와 같은 현상은 전방
위적이서 이제는 더 이상 새로워 보이지 않을 지경에 이
르렀다. 변화에 재빨리 대응하여 자신을 변화시키지 않
으면 도태되어버릴 지 모른다는 강박감은 시인들에게도

예외가 없다. 새로운 주제, 소재의 발굴과 기법의 특이함
은 창조를 행하는 타당한 조건들이지만 그 조건에 함몰되
어 버릴 때에는 시를 쓰는 주체인 시인과 시를 써야하는
당위성은 어느새 휘발되어 버린다. 그래서 굳건한 세계
관(세상을 판단하는 주관적 인식)으로 시작에 임한다는
것은 매우 어려운 일이다. 그러나 『작은 연인들』은 『칠장
사 입구』,『서울로 간 나무꾼』과 같은 연장선상에서 시인
의 일관된 세계관을 확인하게 하고 전통서정과 현대 전위
시의 아슬한 경계에 우뚝한 시인의 풍모를 바라볼 수 있
는 즐거운 해후를 마련해 주고 있다. 정창범 평론가는 시
집 『서울로 간 나무꾼』의 발문에서 순진함, 고지식함, 성
실함을 시인 오만환의 타고난 성품이라고 지적하면서
'시 속에 이야기를 담고, 대상을 맵게 풍자하려는 시도를
실험적으로 보여주고 있다' 고 분석하고 있다. 이와 같은
시인에 대한 평가는 시인 오만환에게 매우 타당하고 적절
한 것이라고 생각한다. 시종 일관된 세계관이 그의 타고
난 순진함, 고지식함, 성실함에서 비롯된 것이고 이것이
선천적으로 타고난 성품이기도 하거니와 그가 태어나고
자란 고향(생거진천 生居鎭川 死後龍仁)의 풍광에 힘입은
바도 있을 것이다. 『작은 연인들』들 뿐만 아니라 이전의
시집들에서도 고향산천에 대한 그리움과 공동체적 삶에
대한 따뜻한 시선을 버리지 않았음은 쉽게 드러난다. 나
호열이 『서울로 간 나무꾼』의 시편을 분석하면서 '그의
세계관은 노자의 무위자연(無爲自然)과 박(樸:인공이 가
해지지 않은 순수 본질)에 기울어져 있음을 알 수 있
다.(「공동체의 와해와 자연회귀」,1997)' 고 한 점이나 '순

결한 이미지를 기초로 한 사물시, 도시 서민의 일상적 삶, 그리고 조용하고 순박한 농촌현실 혹은 시골생활의 풍미를 노래한 시'(조명제, 「흐르는 물의 높이와 깊이」, 1990)라고 그의 첫 번째 시집 『칠장사 입구』를 조명한 것이 그 예증이 된다. 반평생이 넘는 세월을 서울에 살면서도 그는 인공(人工)을 혐오하고 자연을 경외하는 삶, 개인적 이기주의가 넘실대는 파편화된 고립이 아니라 두레에 연원을 둔 공동체의 복원을 희구하는 삶을 꿈꿔 왔다. 그 예증으로 다음과 같은 시를 소개해 보기로 한다.

①

빽빽한 칠부능선 방어(防禦)벽이 무너지고 있소 물과 식량이 급하오. 삼삼에 특공대를 보냈으니 지진(地震)이 나도 꼼짝 말고 끝까지 진지를 사수하라 사수하라- 영토(領土)분쟁에서 돌아갈 길을 잃은 병사들 누가 포로인지? 소설과 수필이 몸을 낮춰 강을 키운다. 철조망(鐵條網) 걷고 악수도 나누었는데 아직 비극(悲劇)이 남았는가? 통쾌함이든 아쉬움이든 손을 놓아야 맑게 보이는 삶의 들판. 고개를 끄덕이고 흐흐 허허. 지금 비가 내리고 돌 던질 곳을 찾고 있다.

②

동에서 소리지르고 서쪽으로 쳐들어가기
적의 급소가 내 급소

약점을 노려 갈라치며

두점 머리는 두드리고

온갖 술수를 다부린다

옆구리를 간질러도 보고

산맥과 바다를 넘나들며

온 세상 다 가지려

좋은 시절 데이트도 못하고

힘을 쏟는다.

난세엔 방어가 최상의 공격

반집 남아도 확실히 이기는 것을.

버리지 못하는 그 욕심 때문에 듣지 못했다

도요새의 맑은 노래를

눈 감았다. 밭둑에서 손흔드는

달맞이꽃 씁쓸한 시

위의 시들은 다 같이 「바둑」이라는 동명의 시로서 ①은 이번 시집에 수록된 시이고 ②는 「서울로 간 나무꾼」에 실린 시이다. 두 편의 시 모두 바둑에 입문하지 않은 사람에게는 바둑의 수를 알 수 없기에 어려운 광경이다. 그러나 가로 세로 19줄의 반상에서 '누가 많은 집을 가졌는가' 로 승패를 가리는 바둑은 흔히 인간사의 축소판이라고도 하고 반상에 명멸하는 탐욕과 지략의 대결이라는 점은 상식으로 알 수가 있다. 시인도 바둑을 두면서 '옆구리를 간질러도 보고/ 산맥과 바다를 넘나들며/ 온 세상 다 가지려' 는 삶의 방식을 곰곰이 생각해 보기도 하고

'통쾌함이든 아쉬움이든 손을 놓아야 맑게 보이는 삶의 들판.' 이라는 관조의 세계와 마주하기도 한다. ①의 시는 언뜻 우리 민족이 처해 있는 분단과 갈등을 바둑에 빗대어 놓은 듯도 하고 개인의 일상의 간난(艱難)을 상징하고 있는 듯 보이기도 한다. 실제로 이번 시집에 수록되어 있는 중국(압록강, 두만강)과 백두산 여행에서 얻은 체험을 바탕으로 한 몇 편의 시로 미루어 보았을 때 ②에 비해 시의 외연이 확실히 넓어진 것을 알 수가 있다. 그렇기 때문에 ②가 개인의 욕망의 부질없음을 시화한 것에 비해 ①의 시가 보다 풍부한 다의성을 띄고 있다는 점은 부인하기 어렵다. 그러나 필자가 주목하는 것은 이와 같은 시의 외연 문제가 아니라 두 편의 시가 시간적 이격에도 불구하고 앞에서 언급한 도가적 사유가 일관되게 작동하고 있다는 점이다. '반집 남아도 확실히 이기는 것을./ 버리지 못하는 그 욕심 때문에 듣지 못했다/ 도요새의 맑은 노래를/ 눈 감았다. 밭둑에서 손 흔드는/ 달맞이꽃 씁쓸한 시'의 사유와 '통쾌함이든 아쉬움이든 손을 놓아야 맑게 보이는 삶의 들판. 고개를 끄덕이고 흐흐 허허. 지금 비가 내리고 돌 던질 곳을 찾고 있다.' 는 욕심 버림의 토로가 단순한 말놀음이 아니라 시인의 삶에서 우러나온 진실한 토로라는 공통분모를 안고 있다는 점이다. 이기고 지는 냉엄한 바둑의 승부의 세계는 이 시대를 점령하고 있는 자본주의적 삶, 제로섬 Zero Sum 게임과 별반 다르지 않다. 끊임없이 경쟁하고, 경쟁을 통하여 더 많은 재화를 얻는 것이 행복이라는 허상 앞에서 무력해질 수밖에 없는 자신을 검증하고, 반성하며 자기갱신을 꾀하는 일은 생각보다 쉽지 않다. 교언영색(巧言令色)은 쉬우나 회사후소(繪事後素)는 타고난 성품과 후천적 도야가 아니면 성취할 수 없는 경지이다. 이 글의 서두에 잠깐 언급했지만 시인 오만환의 폭넓은 교유와 원만한 인간관계는 결코 선천적으로 주어진 것만은 아니다. 시인도 인간인 이상 무조건적인 인간에 대한 신뢰와 무한정한 사랑을 품는 존재가 아니다. 시인 또한 타자로부터 상처와 불이익을 받고 괴로워하는 존재인 까닭에 그에게도 안식의 대상이 필요한 것이다. 시 「야간 산행」은 그의 인간 됨됨이가 어떠한 지를 분명히 보여주는 시가 아닌가 싶어 전문을 옮겨 본다.

남들이 집으로 갈 때 반대로 간다
랜턴은 없어도 무방하다
두려운 것은
어둠이 아니라 사람이다
언제 부턴가
속으로 흘리는 땀
바람에 찔리며, 불끈 주먹을 쥔다
가슴에 낡은 집 부수며
깊은 산 낯선 소리 들으러
추운 날
혼자서 간다

범인(凡人)들과는 달리 시인은 그에게 유·무형의 상처를 준 사람에게 '눈에는 눈 이에는 이' 식의 '받은대로 돌려주기' tit for tat의 방식을 택하지 않는다. 시에 드러난 '가슴의 낡은 집'은 필시 삶에서 얻어지는 편견과 증오일 터이다. '깊은 산 낯선 소리'는 때묻지 않은 자연의 소리, 원융의 세계의 잠언일 것이다. 시인은 야간산행을 통하여 끊임없이 인간에 대한 불신을 잠재우고 자아의 건강성을 회복하기를 염원하는 것이다. 이와 같은 심경은 「작은 연인들」 연작중 금선사(金仙寺)의 부제가 붙은 시를 읽으면 '낯선 소리'가 독경, 냇물소리, 바위 위에 살짝 얹힌 꽃송이로 구체화 되어 있음을 알 수가 있다. 그 소리가 가득한 숲은 '늙지 않는 믿음의 숲/ 영원을 向하고/나는 간다/ 그 집에 간다/ 어쩌면, 아주 간다'(「작은 연인들」 – 금선사 마지막 연). 아! 생각해보니 아주 오래전 장마가 진 여름날 퇴근 무렵 금선사에 그와 함께 갈 기회가 있었다. 옆에는 세차게 계곡물이 넘쳐 흐르고 초보운전을 면하지 못한 나는 그 아슬한 좁은 길을 지나갈 엄두를 내지 못하고 차를 돌렸던 기억이 있다. 시인은 그 때 얼마나 서운했을까? 그는 그저 이렇게 말했을까? "길이 험하니 그냥 돌아가지요." 그의 인품은 이런 것이다. 상대방의 마음을 헤아려 주는 것. 상대방이 그 헤아려 준 마음을 무안해 하지 않게, 쉽게 알아차릴 수 없는 것.

4.

시인 오만환의 세계관을 한 마디로 요약한다면 '정의를 좇되 불의를 탓하지 않는다.'는 것이다. 상하좌우의 경계는 분명히 존재하지만 그 경계를 의식하지 않는 경지, 그래서 그의 풍모는 외유내강으로 나타난다. 외유(外

柔)와 내강(內剛)은 결코 하나로 뭉쳐진 개념이나 현상이 아니다. 말하자면 외유는 내강(스스로 유연해지지 않으면 도달할 수 없는 경지)을 거치지 않으면 도달할 수 없는 것이며, 그렇기 때문에 외유(자신이 강하지 않으면 타자를 포용할 수 없는 경지)는 단순한 유약함으로 수식될 수 없다. 이런 외유내강의 시심은 출가와 가출이, 철학적 용어로 이야기 한다면 양상론적 사유(어떤 현상을 어떤 방식으로 보느냐에 따라 인식의 결과 달라진다)로 이행되어 자연스럽게 도가적 삶의 태도로 이어진다.

경전을 읽어 주시던 山
피리를 불며 혼자 즐거웠다
출가와 가출
東과 西 ,남과 북
집이 보이지 않아도 돌아오는 길
어디 사느냐고 묻지 않는다

— 시 「방죽에서」 2연

도가적 관점에서 자연은 인간을 추구(芻狗)로 여길 뿐이며, 무차별적인 현상으로 나타난다. 그래서 시인은 '장마' 라는 자연현상을 우스꽝스런 우화의 형식을 빌어 인간사회의 무상함을 아래와 같이 노래하게 되는 것이다.

산과 바다와 들, 배고파서 우는데

일은 안하고 살이 쪄서 탈

쌀, 시간, 돈, 사람

귀(貴)한 줄 모르고

놀러, 놀러, 놀러가, 놀러와!

빨리 안가도 되는데

도시 농촌 가리지 말고

날 세워 밤 새워 우루루 꽝!

강, 광! 꽝꽝, 꽝!

그래도 뒤는 보셨어야 했는데

마구잡이로 꽝! 꽝 !

기다려봐

– 시「장마」마지막 연

　　도가(道家)들은 심산유곡에 찾아들어 인간사와 절연했다. 중국의 화산(華山)에는 도가들이 절벽을 타고 넘어 수도에 전념하던 유적이 산재해 있다. 불교에서의 선(禪)도 그러하겠지만 자연과 호흡하고 자신의 내면을 들여다보며 그들은 광막한 독백으로 그들만의 경전을 채워나갔을 것이다. 언어도단, 언전(言詮)은 언어의 숙명인, 뜻에 얽매이는 그물을 회피하는 것이다. 이험여이(履險如夷)(험한 길을 아무렇지 않게 쉽게 간다)는 뛰어넘고 생략하는 지극한 경지이다. '이미지와 이미지 사이나 시행과 시행 사이, 혹은 연과 연 사이의 발전관계 및 문법적 연결고리가 자연스럽지 못하다'라고 오만환의 몇몇 시를 평한 조명제의 언급에 동의하면서도 그럼에도 불구하고 여전히 그런 시적 발언을 거두지 않은 이유가 궁금했던 것이 사실이었다. 위의 든 예문시를 통해서도 이미지의 형성이나 문법적 연결이 자연스럽지 못한 점이 드러난다. 지금까지 필자는 도가적 사유를 언급하기는 하였으나 그 사유를 일으키는 방법론에 대해서는 무지했던 것을 깨닫는다. 『도덕경』의 저자가 노자(老子)이건 아니건 간에, 『장자 莊子』의 저자가 장자이건 아니건 간에 노자나 장자가 『도덕경』이나 『장자 莊子』를 읽고 깨달음을 얻은 것은 아니지 않은가? 사유를 하려면 그들이 사유의 대상으로 삼은 사물이나 현상이 존재해야 할 것이다. 세간과 절연한 상태에서 그들의 사유대상은 무엇이었을까? 자연과의 대화? 의식과의 대화? 그것이 무엇이든간에 1:1의 주체와 대상과의 관계에 있어서의 언어는 문법도 논리도 필요하지 않은 직설(直說)이 아니었을까? 『작은 연인들』에 수록된 이야기를 담은 시들을 포함한 대부분의 시들은 보이지 않는 어떤 청자(聽者)를 향해 있다. 이 청자는 시를 읽는 독자가 아니라 시인 자신이다. 시인이 시인 자신에게, 의식을 가진 시인이 의식이 없는 꿈의 시인에게 내뱉는 직설에 이미지나 문법적 논리성이 끼어들 여지가 없다. 여기까지 오게 되면 시인 오만환에 있어서 시의 정의가 무엇이며 그가 시를 써야만 했던 이유가 선연하게 드러난다. 그는 그가 삶에 회의를 느낄 때, 인간세계를 벗어나고 싶을 때, 그의 내강(內剛)이 위태로울 때 스스로 던지는 위로의 말을 시로 빚었다. 그가 과작일 수밖에 없던 까닭도, 근래에 이르러 수없이 많은 국내외 여행을 통해, 역사적 사실에 맞닥뜨릴 때에도 그 여행의 풍광과 역사적 사실이 그의 삶에게 던져지는 질문에 다름 아니었고 그만의 대화법으로 자신에게 대답했을 것이다.

5.

시인 오만환은 스스로를 '서울로 간 나무꾼' 이라고 불렀다. 나무꾼은 사냥꾼과 달리 뭇 생명들을 해치는 존재가 아니라 이미 생명이 다한 고목이나 가지를 감사히 받아들이는 존재이다. 반평생을 서울에서 살아왔으되 그는 생가가 있는 고향에 틈틈이 내려가 농사를 짓고 가축을 길렀다.

옛날과 폭포를 찾아
바닷바람을 가득 담고서 갔다
청옥산과 두타산
화강암과
부서진 화강암이 부둥켜안고
가슴에 꽃과 새
노루도 키우고
물과 어울려 놀다가
별유천지(別有天地)

넓지 않아도 누울 곳
앉을 데가 많아요

이름과 옷, 버리기가 어렵지요
가족이랑 오시지 그랬어요
신선(神仙)이 되려 말고
그냥 사람으로 사세요
그런가. 걱정을 다 받아주는
모래와 자갈
반석에 엎혀서
한나절 햇볕과 웃는다

– 시 「무릉계곡」 전문

위의 시는 강원도 동해 두타산의 풍경과 정취를 읊은 시이기도 하지만 그 풍경과 정취는 그가 태어나고 자란 충청북도 진천 회안리 고향의 그 것과 다르지 않다. 무릉도원은 이미 그의 마음속에 자리 잡은 실체인 것이다. 그는 40년 넘게 도시생활에 몸을 담았지만 결코 그의 고향, 무릉의 세계를 잊어 본 적이 없다. 이제 시인 오만환은 30년 교편생활을 접고 그 고향에 안주할 준비를 하고 있다. 이 글을 마무리 하려고 보니 문득 누란의 한 세상을 살다간 도연명(陶淵明)이 생각나고 그의 시 귀거래사가 생각난다. 높은 지위를 탐하지 않고 자신의 절개를 굽히지 않았던 도연명은 풍족하지 않았으나 고향에 돌아가 정신적 만족을 누리며 살았다.

富貴非吾願 帝鄕不可期 (부귀비오원 제향불가기)

懷良辰以孤往 或植杖而耘 (회양진이고왕 혹식장
이운)

登東皐以舒嘯 臨淸流而賦詩 (등동고이서소 임청
류이부시)

부귀영화는 본시 내가 원한 것이 아니며

신선으로 득도함 역시 내가 기대한 것이 아니지
않던가?

아름다운 날에는 홀로 밖으로 나가 지팡이 옆에
두고 잡초 뽑고 밭을 메자

동녘 물가 언덕에 올라 휘파람을 불며 맑은 물 바
라보며 시를 읊자

시인 오만환과 필자는 20대 초반에 만나 40년의 세월
을 따로 또 같이 걸었다. 비슷한 시기에 어버이가 되고,
어느 날 바라보니 머리가 세고, 어느 날 바라보니 돋보기
가 코에 얹혀져 있다. 그렇게 서로를 바라보면서 반갑게
만나고 헤어진 세월이 40년이었다. 앞으로 10년 뒤 시인
오만환은 어떤 시를 들고 세상에 나올까? 그것이 또다시
궁금해진다.

오만환의 시세계에서는 절제되지 않은 득의만만함이 보이지 않는다. 주변의 사물에 대한 사랑과 애정으로 그들을 찬찬히 살피고 둘러보며 그것을 통해서 자신의 사랑을 펼쳐 보이는 소박함이 있다. 자신의 족함을 알고 있으며 자신의 자아가 시간과 공간을 사랑하고 있으니 그의 시를 읽는 자 모두 수신제가치국평천하(修身齊家治國平天下)의 첫 단계를 걷지 않을 수 없다. 그렇기에 오만환의 시를 읽으면 편안한 마음이 들고 자신도 모르게 미소가 지어지는 것이리라. 그의 삶인들 왜 갈등이 없겠는가. 하지만 그는 이처럼 세계의 자아화를 통하여 지족을 통해서 세계를 사랑하고 있다. 그야말로 이 세상을 모두 애정으로 바라보며, 각박한 세상을 살고 있는 우리 모두에게 따듯한 애정의 시선으로 너그러움을 배우라고 한 마디쯤 할지 모른다. 만족함을 알라고.

지족(知足)자아와 시(時) 공(空) 애(愛) 아(我)

고정욱(소설가, 아동문학가)

1. 전통과 맥이 닿은 시세계

　서사양식으로 벌어먹고 있는 필자의 입장에서는 갈등이 그 근원이다. 세상사에 반드시 갈등과 대립이 있어야 이야기가 나오고 그 이야기를 후벼 파고 쥐어짜서 작품을 만드는 것이 글밭 가운데서도 소설 이랑을 파야 하는 필자의 운명이라 할 것이다.

　사물과 사물, 사람과 사물, 사람과 사람……. 이 모든 대립항들은 항상 있어야 할 것과 있는 것으로 대립한다. 나에게 있는 것은 그에게 있어야 할 것이고, 그에게 있는 것은 나에게 있어야 할 것이니 인간과 인간 사이의 갈등은 그칠 날이 없다. 그리하여 산문과 서사의 세계는 한 마디로 피바다, 가열찬 투쟁의 터전이라 하지 않을 수 없다. 그렇기에 세상을 보는 시선은 늘 까칠하고 거기에서 튀어

나오는 언사들은 가시가 돋아 있을 수밖에 없는 것 같다.

지인이자 '부등호' 문학동인인 오만환 시인은 늘 나에게 불가사의한 인물이었다. 그는 시인으로서 또한 건실한 생활인과 교사로서의 삶을 살면서 까칠한 대결이나 갈등의 모습을 한 번도 내게 노정한 적이 없다. 그의 자세한 신상을 알지 못했을 때는 천상 양반으로 여겼다. 그러나 나중에 알고 보니 그는 정말 양반이었고, 진천 토호 가문의 점잖은 혈통이었다.(동인 강만수 시인의 표현)

아무튼 그러한 그의 시세계도 자신의 세계관으로부터 자유로울 수 없으리라 믿었다. 후덕하고 너그러운, 격의 없는 그의 삶은 그의 시세계에서도 여지없이 드러나지 않을까 하는 짐작을 한다. 물론 작가의 세계관과 작품이 일치하는 것은 아니고, 그러리라 생각하는 것만큼 큰 오류도 없다. 하지만 그의 시세계를 엿보며 나는 문득 그의 조화로운 삶과 자아와 세계가 다투지 않는 시세계에서 묘한 평화와 안식을 얻는다.

그의 그러한 문학적 양식과 태도는 우리의 선조들의 문학 장르에서 이미 발견되고 있다. 그것은 바로 경기체가(景幾體歌)다. 고려 사대부들의 득의만만한 이데올로기를 담은 노래였던 경기체가의 주제의식은 자신의 현실과 생활과 삶에 불만을 표시하지 않는다. 만족을 느끼려 애쓰며, 거기에서 오는 기쁨과 즐거움을 기꺼이 노래하고 있다.

학창시절에 한 번씩은 접했을 경기체가의 효시라고 하는 한림별곡이다. 즐겁고 기쁜 마음으로 사물과 대상들을 나열하여 그 기쁨을 감탄과 영탄으로 토해내는 그 정경이야말로 시적 희열의 절정이라 하지 않을 수 없다. 오만환의 시세계도 역시 그러한 경기체가의 전통과 맞닿아 있음은 우연일까?

맛조개 갯지렁이 홍합 성게 털게
어디로 숨었는가
구멍마다 떼죽음

　　　　　　　－「바다 이야기」 어은돌

해발 1169미터
기생 오름
꽝꽝, 머귀 비자, 고로쇠, 산박달
조릿대. 보리밥나무
山채의 허리를 걷는다

　　　　　　　　　　　－「어승생악」

　이 시귀들을 보면 그의 시적 표현이 경기체가의 그것
과 닮았다고 하지 않을 수 없다. 첫 인용문에서 그는 라디
오와 소년이라는 부제가 설명하듯 꿈과 현실과 진공관 트
랜지스터 AM, FM 등의 음향기기의 발전상황을 나열한
다. 트랜지스터 라디오의 변천사를 보여주지만 그것은
그만큼 음악을 듣고 라디오를 듣고 싶어 하며 성장한 소
년의 꿈을 응축하고 있다.

　두 번째 인용문의 나열대상들은 맛조개와 갯지렁이 등
이다. 살아 있는 생명체인 그것들이 어디로 숨었거나, 구
멍마다 떼죽음인 형태를 보여주고 있다. 하지만 이러한
생명체의 죽음 앞에서 시인은 분노하지 않는다. 그저 있

는 그대로 지켜보며 안타까워할 뿐이다. 독자들을 투쟁으로 이끌거나 유인하지도 않는다. 현실을 받아들이며 현실의 아픔을 어쩌지 못하는 안쓰러움으로 표현하고 있을 따름이다.

산을 걷는 시인의 따스한 시선은 세 번째 인용구에서 드러난다. 꽝꽝 머귀 비자 등을 나열하며 그들은 결국 내가 산채를 걸으며 만나는 친구들임을 드러낸다. 그들이 흐드러지게 널린 그곳이 바로 산이고, 내가 가고픈 곳이다.

경기체가의 시적 전통이 현대에서 부활한 셈이다. 이처럼 자아와 세계가 조화로운 관계를 맺는 걸 우리는 흔히 사랑이라고 부른다. 시적 전통을 경기체가에까지 맥을 뻗고 있는 시인이 사랑을 노래하지 않았을 리 없다.

2. 사랑하지만 갈등 없이

사랑이야말로 온 인류가 풀어야 할 숙제고 해결되지 않는 과제다. 사랑만 있으면 뭐든 가능하다. 인도의 간디조차 이렇게 말했다.

틈만 나면 이런 기도를 하자. "나에게 사랑할 수 있는 최상의 용기를 주소서. 이것이 나의 기도이옵니다. 말할 수 있는 용기, 행동할 수 있는 용기, 당신의 뜻을 따라 고난을 감수할 수 있는 용기, 일체의 모든 것을 버리고 홀로 남을 수 있는 용기를 주옵소서."

사랑도 용기가 필요하다. 그것은 최상의 용기이다. 시인 오만환도 그런 사랑을 노래하고 있다. 그의 일련의 시

들은 어떤 형태로든 인간의 관계를, 사랑이 근간인 사람
들의 관계를 노래하고 있다.

철학책 펼쳐 들고 별 총총
하늘이 내려다본다.
머리통이 너무 크면 골치 아픈 겨
그래도 하나만 더 할머니!
이야기를 조르다 잠나라에 들고
누나 형 당숙, 열쇠 없이
온 마을이 〈내 집〉 이었던
잡풀이 무성턴가
인심도 녹이 슬어
돌담을 넘다가 그만둘래유―
매달린 애호박

– 「작은 연인들」 애호박(전문)

그의 이 시에는 사랑하는 가족들이 다수 등장한다. 사
랑하는 가족들 사이에서 행복하려면 머리통이 너무 크면
안 된다. 자기주장만 하고 아는 게 많다고 지적질을 해서
분란을 일으키기 때문이다. 적당해야 한다. 그가 사랑을
주고받는 마을은 누나나 형 당숙이 열쇠 없이도 온 마을
어디든지 다닐 수 있는 같은 성씨를 가진 사람들이 살고
있는 집성촌이리라. 사랑이 넘치고 혈연으로 뭉쳐 있는
그 집성촌에서 이야기를 조르다 잠나라에 빠져들어도 어

린아이는 아쉬울 것이 없다. 가열 차게 투쟁해 뭔가를 뺏고, 내 것으로 만들려고 하지 않아도 되는 것이 사랑이다. 그런 사람들의 성품을 닮았는지 애호박조차도 돌담을 넘다가 그만둔다. 하지만 안타깝게도 그러한 사랑이 넘치는 과거의 마을은 결국 잡풀도 무성하고 인심도 녹이 슬었다.

그렇다고 그가 없던 사랑을 다시 심으려 애쓰지 않고 사람들을 탓하지 않는 것도 아니다. 그저 돌담을 넘다 그만두는 애호박에 애정을 줄 뿐이다. 아니면 말고다. 그의 사랑은 열망하거나 간절히 바라거나 목숨을 바쳐 투쟁하여 쟁취하려는 사랑이 결코 아니다. 그렇기에 오만환의 시세계는 우리에게 편안함을 준다.

좋아합니까? 무작정
몸이 아플 때 생각나는
열여덟 순정
너와 나는 작은 戀人들
오래 살아야 돼
건강하게 , 꼭-
내 걱정은 마시라구
그래도/ 도도도
都, 盜, 滔, 萄, 桃
圖, 島, 悼, 道, 陶
호언장담! 기술(技術)도

이 시에서 좋아하는 사람에게 그는 순정으로 다가간
다. 몸이 아플 때 생각나는 열여덟 살의 순정은 합쳐질 수
없기에 오래 살라고 이야기하면서 헤어진다. 건강하게
꼭 서로서로 걱정은 하지 말라니, 아흔아홉 살까지 팔팔
하게 살면서 서로 잊지 말자는 뜻이리라. 진정한 사랑은
이처럼 쟁취가 아니라 상대방의 행복과 건강을 빌어주는
것임을 시인은 노래하고 있다. 시제 그대로 작은 연인들
이지만 그들의 사랑은 결코 작지 않다. 오래 살아야 된다
고 간절히 기원하는 마음. 그러한 마음이 사라졌기에 이
세상이 오늘날 이 모양인지도 모른다.

시인의 사랑은 사랑해도 같이 살 수 없고, 내 것이 될
수 없는 것이지만 갈등을 발생시키지도 않는다. 그저 조
화롭게 자존심을 지키며, 점잖고 졸박하게 시인의 시세
계를 펼치고 읊조릴 뿐이다. 그의 품성과도 맞닿아 있다.
슬퍼도 울지 않고, 기뻐도 환호하지 않는 삶의 자세. 그것
은 어쩌면 그가 이미 수많은 삶의 굴곡에서 연륜을 통해
도를 깨우친 사람이기 때문인지도 모른다.

3. 시간(時間)을 넘나들며

식민지시대 지식인들은 국가를 잃어버리고 민족혼이

흐려지는 상황에서 문학에 대한 열망이 일제의 검열로 제약을 받을 때 도피처를 찾아야만 했다. 그들이 수많은 모색 끝에 찾아낸 돌파구는 바로 과거의 시간으로 눈을 돌리는 것이었다. 그 당시 수없이 쏟아졌던 역사소설들과 과거 회귀의 작품들은 문인들의 열망을 결코 막을 수 없음을 보여준다. 현실을 그릴 수 없으면 과거의 시간을 이야기함으로써 지금 우리가 발을 딛고 있는 이 땅의 모습을 반추하게 만드는 것이 그들이다.

그렇다고 오만환의 시들이 어떤 외부적 요인에 의한 막힘에 따른 결과물로서 시간의 확장이라는 말은 아니다. 오히려 그의 시는 충만함, 차고 넘침에 따른 시간이동일 가능성이 더 크다. 그의 온화한 사랑은 가족과 이웃을 넘어 시간을 향해 도약을 한다. 그가 사랑한 것은 과거의 사람들, 과거의 역사, 그리고 과거의 우리들 모습이었다.

물 한 모금 마신 뒤 먼 시간을 밟는다
전쟁이나 고통을 그다지 겪지 않은 나
목숨을 걸 천야만야 절벽으로 내몰릴
비운의 그 마지막이
내게 급작스럽게 닥친다면
전설보다는 그리 높지 않은 가뭄의 들판엔
겨울 새 한 마리
편히 쉬지도 못한 채
허공을 차고 날아오른다
나당연합군이 몰려올

이 시를 보면 그는 부여의 슬픈 전설이 스며든 낙화암에 가서 절벽을 내려다보면서도 나당연합군의 불길한 소식을 걱정한다. 현실은 낙화암의 물 한 모금 마시며 둘러보는 관찰자의 시각이다. 전설에서는 높게 느껴졌지만 별로 높지 않은 절벽을 바라보며 강 건너 먼 곳을 응시하다 겨울새 한 마리를 발견한다. 하지만 그의 백제 사랑은 이내 이곳에 얽혀 있는 이야기들을 통해 나당연합군이 몰려오는 불길한 소식에까지 가 닿는다. 그리하여 겨울의 스산함을 통해 그는 과거 이곳에서 떨어져 죽었던 수많은 사람들의 불행과 비극을 기억해낸다. 사랑이 넘치는 시인의 마음에 과거 역사의 아픔과 고통은 결코 지난 일로 치부할 수 있는 것이 아니다. 생생한 현실이고 진행형이기에 그러한 과거의 역사는 찬바람이 되어 시인의 볼을 때리고 있다.

과거의 시간, 역사, 그 모든 것도 시인의 오지랖 넓은 레이더 망에서 결코 벗어날 수 없음을 이 시는 보여주고 있다.

그의 넘치는 애정은 자신의 주변의 역사도 결코 소홀히 하지 않는다.

숭렬사가 어디인가

덕성산, 무이산, 요순봉, 옥녀봉, 무술, 비들목

수백만 평 땅, 차라리 빼앗길지언정

정의가 이기느냐 불의가 이기느냐

매국노(賣國奴)와 타협은 없다

학자들(석농, 석탄, 경암)은 독립만세를 부르다

파리 만국평화회의를 향해

한지(韓紙)에 독립청원의 긴 편지를 쓰시고

간밤엔 매화가 피고

문필봉과 매봉엔 흰 눈이 쌓였다하네

기미년 4월, 그 새벽

— 「진천의 유전자」에서

그가 살던 고향 진천의 통사가 한편의 시에 녹아들어 있다. 일제강점기에 있었던 역사의 아픔을 아우르며 수없이 많은 고통과 신산을 겪었을 자신의 고향에 대한 애정을 드러내고 있다. 그의 이러한 고향에 대한 애정은 시간과 공간이 뒤얽혀 있음을 볼 수 있다. 독립을 위해 싸우던 지역 조상들의 삶에 그는 무한한 애정과 격려를 보낸다. 그것은 그에게 진천의 유전자로 남아 있다.

학자들은 독립만세를 부르고, 독립을 위해서 모두 매진하는 문필봉과 매봉에 흰눈이 쌓였다 함은 그의 마음속의 아쉬움을 사랑으로 드러내고 있음이다. 과거 역사조차도 시인의 가슴속에는 조화를 이루며 시세계로 오롯이

들어앉았다.

그렇다고 해서 그가 현실개혁을 부르짖거나 갈등을 조장하는 것은 결코 아니다. 그러한 역사의 사실들을 나열함으로써 이제 그러한 아픔도 회고할 수 있음을 기뻐하고 있다. 오늘날 우리는 바로 과거의 치욕스럽고 외세에 의해 흔들렸던 기억들을 이겨내고 이제 당당히 회고할 수 있음이 그의 따뜻한 시세계를 형성하고 있다. 과거 역사에 대해서 부드러우면서도 만족스럽고 고양된 감정과 만족감을 절제하여 드러내는 절묘한 시적 묘사의 기법은 읽으면 읽을수록 감탄을 자아내게 한다.

4. 공간(空間)을 확장하며

식민지 지식인들의 관심사가 과거 시간으로 거슬러 올라갔다면 그러한 민족의 사랑과 애정은 또한 지리적으로는 공간 이동으로 드러났다. 브나로드 운동을 통해서 식민지 지식인들이 농촌으로 귀향하듯, 오만환의 시세계도 역시 고향에서 크게 꽃을 피워낸다. 진천이 배출한 그의 삶은 시간과 공간이 뒤엉켜 아름다운 자신만의 시세계를 형성한다.

바람은 잠도 없이 울기만 했다
나무는 말한다

새들아 사람들아
찬이 없어도 저곳에 들러서 묵었다 가자

수십 호 넘던
이젠 몇 안 남은 집 앞 마당 어귀

감나무에 매달린 말랑말랑한 감
쓸쓸함이 사무쳐 너희들을 봤다

나도 너희와 함께
나무 위에 올라 먼 산을 향해 지저귀고 싶다
이곳으로 모두 모여 잠시 쉬었다 가라고
　　　　　　　－「그럴 수 있나」(까치밥) 전문

　이 시를 보면 한 조각의 쓸쓸한 서정이 느껴진다. 나무가 외로이 새들과 사람들에게 묵으러 오라고 이야기한다. 수십 호 넘던 고향마을은 이제 사람 사는 집이 몇 채 남지 않았다. 어린 시절 그 마을에서 뛰어놀던 시인은 그러한 세태의 변화를 안타까워한다. 남아 있는 것은 감나무에 매달려 있는 감 몇 개뿐. 쓸쓸함이 사무친다는 것은 점점 사람이 줄어들고 나무와 바람과 새만 남아있는 고향이 애틋하다는 뜻이다. 도시로만 떠나가는 현대인들의 삶에서 고향을 그리워하며 관심을 돌리는 시인은 진정 마음이 따뜻한 사람이라 하지 않을 수 없다.

　그는 독자들에게 이렇게 속삭인다. 이곳에 모두 모여 잠시 쉬었다 가라고. 그는 결코 고향으로 돌아가라 절규하지 않는다. 오지 않으려는 사람들을 잡아당기려는 갈

등이 없다. 그렇기에 다툼과 목소리 높여 낯 붉힐 일도 없
는 것이다. 그는 그저 모였다가 잠시 쉬었다가 가라고, 그
저 잠깐의 관심과 애정을 주라고 넌지시 옆구리를 찌른
다. 그렇기에 그의 고향은 오히려 더 가고 싶은 곳이 된
다. 고향을 버리고 떠나온 각각의 사람들도 은근히 얼굴
붉히며 떠나온 고향을 그리워하게 만든다. 시인의 너그
러운 품성이 그대로 드러나는 대목이다.

앞 뜨락
아버지가 오셨다
사랑채를 復元하셨다
꽃들도 시원한 웃음
복숭아, 살구, 배
모과, 무궁화, 백일홍
석류를 좋아하셨지

모시 옷 입으시고
자전거를 타신다.
잡아드릴까요?
괜, 찬. 타 괜찬타
(괜찮다)
잘 있거라
동네 고샅을 내달리신다

어디로 가십니까

아버지,아버지, 아버지!
꽃들이 보고프셨나?
子孫이 不安했던가
몹시도.

(꿈이 아니었어야 했는데
깨지 말아야 했는데/ 그것 참)
-「꿈 아버지」 전문

그의 아버지 역시도 조화로운 사람이었던 듯하다. 인용문에서 보듯 꽃들도 시원하게 웃는데 마당에 있던 각종 유실수들은 아버지의 작품이다. 모시옷 입고 자전거 타는 아버지에게 잡아드리겠다고 하니 괜찮다고, 잘 있으라고 하며 고샅을 달려간다. 그리곤 영영 돌아오지 않는다.

나를 만들고 나를 키우신 아버지. 사랑의 가장 큰 상징인 아버지 역시도 그립고 애태우는 존재이지만 시인의 세계에서는 그저 허탈함일 뿐이다. 순리에 따라 갈 곳을 간 아버지에 대한 사랑은 아버지가 있는 지역으로까지 확대된다. 결국 동네 고샅길을 자전거로 달려가며 꽃들이 보고 싶으셨고 가면서도 자손을 걱정하던 그러한 아버지의 모습은 고향에 서린 채 남아 있다. 고향은 나의 태를 묻었던 곳이며, 동시에 가족들과 친지들의 추억이 어린 곳이다. 나이가 들수록 인간은 추억으로 살고 그 추억으로 삶을 완결하게 되어 있다. 그렇기에 시인의 관심이 자신의 고향과 지역으로 확장되는 것은 어찌 보면 당연한 일이라 하지 않을 수 없다. 사랑하는 가족과 꽃과 벗과 풀과 나비가 있는 그곳이 아니면 시인이 사랑할 곳이 이 세상 어디에 있단 말인가. 오만환의 시세계에는 이처럼 자신만의 어린 시절의 공간들이 오롯이 자리를 잡고 있다.

하지만 그의 관심사가 항상 고향만은 아니었다. 특정 지역과 특정한 장소에 대한 애착은 국토에 대한 예찬으로 이어진다고 본다. 그는 산을 좋아한다. 문인산악회의 회장을 맡고 있으면서 전국의 괜찮다는 명산은 땀을 흘리며 자신의 발로 딛고 올라간 사람이다.

> 인수봉 만경대 백운대
> 삼각산 향로봉
> 무릎 사이
> 얕으막한 골짝
> 이북 5도청을 비켜서
> 퇴근 무렵
> 슬며시 간다
>
> — 「작은 연인들」 금선사 에서

수많은 봉우리들을 그는 퇴근 무렵 슬며시 가는 사람이다. 그리고 그곳을 집이라고 여긴다. 산도 사랑하고 들도 사랑하고 고향도 사랑하는 시인의 마음이다.

　　경기체가의 전통은 향락적이며 자기 과시적인 성격이
다. 득의만면한 사대부들의 삶 그들은 절제나 여과를 가
하지 않은 채 있는 그대로 밝히고 자신 있게 표출한다. 고
려후기 신흥 사대부들은 자신들이 온 세상을 가진듯한 자
신감으로 '경 긔 엇더하니잇고'를 외친다. 그렇기에 그런
지나친 자신감은 조선후기에 비판을 받게 된다. 조선 신
흥사대부들은 음악에 맞춰 춤을 추며 술과 기생들과 함께
부르는 경기체가가 마땅치 않았다. 고양된 감정을 절제
없이 내보내는 경기체가의 표현양식이 싫었던 것이다.

　　그러나 오만환의 시세계에서는 절제되지 않은 득의만
만함이 보이지 않는다. 주변의 사물에 대한 사랑과 애정
으로 그들을 찬찬히 살피고 둘러보며 그것을 통해서 자신
의 사랑을 펼쳐 보이는 소박함이 있다. 자신의 족함을 알
고 있으며 자신의 자아가 시간과 공간을 사랑하고 있으니
그의 시를 읽는 자 모두 수신제가치국평천하(修身齊家治
國平天下)의 첫 단계를 걷지 않을 수 없다. 그렇기에 오만
환의 시를 읽으면 편안한 마음이 들고 자신도 모르게 미
소가 지어지는 것이리라. 그의 삶인들 왜 갈등이 없겠는
가. 하지만 그는 이처럼 세계의 자아화를 통하여 지족을
통해서 세계를 사랑하고 있다. 그야말로 이 세상을 모두
애정으로 바라보며, 각박한 세상을 살고 있는 우리 모두
에게 따듯한 애정의 시선으로 너그러움을 배우라고 한 마
디쯤 할지 모른다. 만족함을 알라고.

저자와의
협의에 의해
인지는 생략함.

초판 인쇄 | 2013년 1월 25일
초판 발행 | 2013년 1월 30일
지은이 | 오만환
펴낸곳 | 황금두뇌
펴낸이 | 이은숙
디자인 | 디자인 감7
등록번호 | 99. 12. 3 제 9-00063호
주소 | 강북구 수유1동 461-12
전화 | 02-987-4572   팩스 | 02-987-4573

ISBN 978-89-93162-25-7 03810